Das, was am Ende des Tages von dem übrig blieb, was am Anfang noch nicht da war

Martin F. Kind

Das, was am Ende des Tages von dem übrig blieb, was am Anfang noch nicht da war

Bibliografische Information der Deutschen Nationalbibliothek:
Die Deutsche Nationalbibliothek verzeichnet diese Publikation in der Deutschen Nationalbibliografie; detaillierte bibliografische Daten sind im Internet über http://dnb.dnb.de abrufbar.

1. Auflage; 26.November 2016

© 2016 **Martin F. Kind**

Herstellung und Verlag: BoD – Books on Demand, Norderstedt

ISBN: 978-3-7431-1720-4

Für all jene, die die Hoffnung noch nicht aufgegeben haben…und für alle anderen

Inhalt

Geschichten..........9

Der Anfang..........21

Herbstbaum..........37

Tick Tack..........49

Freundlichkeit macht mir Angst..........51

An der Klippe..........71

Hilflos..........85

Unterm Tannenbaum..........89

Humpelpump am blauen See..........99

Der Boxkampf..........117

Spuren im Schnee..........129

Thomas der Tomatentroll..........159

Fensterlandschaft..........185

Epilog..........197

Geschichten

Es fing ganz klein an. Ein Gedanke. Ein Buchstabe. Ein Wort. Dann ein weiteres. Und noch eins. Ein Punkt. Schon hatte sich der erste Satz geformt, dem darauf hin unzählige folgten – eine Geschichte war geboren. Sie schmulte, noch etwas unsicher, über den Rand des schmalen Papiers, auf dem sie gedruckt war, blinzelte ein wenig und erkundete zaghaft ihre Umgebung. Es war dunkel in dem schmalen Raum, nur eine Kerze brannte und spendete ihr etwas Licht. Doch sie war nicht allein. Um sie herum befanden sich tausende anderer Erzählungen.

Die junge Kurzgeschichte schaute umher und war erstaunt. Zu allen Seiten erblickte sie andere Geschichten. Im Regal, an der Decke, auf dem Boden, an den Fenstern, überall waren sie verstreut. Manche kürzer als sie selbst, andere ein gutes Stück länger. Einige waren sogar richtig lange Erzählungen, zusammengeschrieben auf vielen, vielen Seiten. Andere waren jung und kurz, so wie sie selbst. Entzückt erspähte sie sogar eine, die aus nur einem einzigen Satz bestand.

›Sie sieht so niedlich und winzig aus‹, dachte fröhlich die kindliche Geschichte.

Und dann entdeckte sie die Bücher. Dicke, fette Bücher, die sagenumwobene Geschichten beinhalteten.

Die kleine Geschichte war tief beeindruckt, so viele Bücher befanden sich hier. Eines sah besonders imposant aus. Gewaltig und mächtig thronte es in einem Regal, ganz in ihrer Nähe. Es stand erhaben da und schien etwas Besonderes zu sein. Neugierig tippte sie ihm auf den Buchrücken.

»Du, sag mal. Bist du die größte Geschichte aller Zeiten?«, fragte sie voll Ehrfurcht.

Der in Leder gebundene Riese schaute auf die gespannte Geschichte herab. Er musterte sie sorgfältig und erkannte sogleich ihre Kindlichkeit. Plötzlich fing er an zu lachen. Laut, so dass alle seine Buchstaben klapperten.

»Die größte Geschichte aller Zeiten?«, prustete er in einem tiefen Bariton heraus, »Nein, das bin ich nun wirklich nicht, meine kleine Freundin.«

Die kindliche Geschichte sah ihn verblüfft und gleichzeitig erwartungsvoll an, so, als wollte sie gerne wissen, wer denn dann die größte Geschichte aller Zeiten sei.

»Ich bin ja nur ein einfaches Buch, wenn gleich auch ein recht dickes«, antwortete er auf die unausgesprochene Frage und klopfte sich selbst, mit unübersehbarem Stolz, auf den Einband. Der Riese lächelte sanft und deutete dem jungen Spross an, dass er nach oben sehen sollte.

»Aber schau doch einmal dort oben. Da stehen ganze Bände. Und dahinter findest du die Enzyklopädien. *Das* sind richtig dicke Dinger«, fuhr er fort.

Die kleine Geschichte richtete ihren Blick in die Höhe. Fast hätte sie sich vor Schreck auf ihre eigenen Buchstaben gesetzt. Über ihr schwebten riesige Buchbände, die das Buch, mit dem sie gerade sprach, wie einen Winzling erscheinen ließen.

»Na, beeindruckt?«, fragte der gutmütige Riese.

Die Geschichte nickte. So etwas hatte sie noch nie gesehen.

»Aber wer sagt denn eigentlich, dass die größte Geschichte aller Zeiten lang sein muss?«, gab das Buch zu bedenken.

»Vielleicht bist du es ja selbst?«

»Nein, nein«, erwiderte die junge Geschichte schüchtern.

»Das bin ich ganz bestimmt nicht.«

Der Gedanke daran war ihr sehr unangenehm. Sie war ja noch so jung und bis jetzt kannte sie niemand. Aber irgendwie fühlte sie sich dadurch auch geschmeichelt – so ein klein wenig.

»Was bist du denn für eine Geschichte?«, erkundigte sich der Riese.

Sie sah auf sich herab und überlegte kurz.

»Ich glaube, ich bin ein Märchen«, antwortete sie.

Der Buchriese überflog ein paar ihrer Zeilen und nickte dann bestätigend.

»Da hast du wohl recht. Und sogar ein ziemlich gutes.«

Das junge Märchen errötete und schaute verlegen zur Seite. Das war ihr nun doch ein wenig peinlich. Das Buch erkannte, dass es sein Gegenüber verlegen gemacht hatte, und versuchte, das Gespräch in eine andere Richtung zu lenken.

»Ich selbst bin ein Roman. Facettenreich erdacht und mit blumiger Eleganz ausgeschmückt«, sprach das Buch. Es war sehr poetisch und romantisch geschrieben und konnte es ab und zu nicht vermeiden auch so zu sprechen.

»Du meinst, nicht alle Geschichten sind Märchen?«, wollte das Märchen wissen, obgleich es sich die Antwort fast denken konnte.

»Aber nein. Wir sind alle verschieden«, begann der alte Roman.

»Es gibt Märchen, so wie dich. Und dann gibt es Romane, so wie mich. Und dann noch Krimis und Dramen und Gruselgeschichten und viele andere Genres. Nicht zu vergessen die Dokumentationen. Die sind mir persönlich aber meist zu langweilig, weil sie oft so sachlich sind. Da mag ich doch lieber die fantasievollen Erzählungen. Am liebsten die von Gnomen und Trollen, oder von Elfen und Feen.«

Er holte kurz Luft und überlegte, was er noch hinzufügen könnte.

»Ach ja! Viele handeln von menschlichen Emotionen. Von Schmerz, Leid, Trauer, Tod, Verleumdung, Qual, Zerrissenheit oder Einsamkeit. Aber auch von Liebe, Freude, Hoffnung, Leidenschaft, Glück, Erfüllung oder Frieden. Und sie sind auch oft für unterschiedliche Zielgruppen geschrieben. Nicht jeder scheint alle Arten von Geschichten zu mögen. Man muss manchmal sehr vorsichtig sein, wem man sich zeigt. Ich habe beispielsweise schon von Komödien für Erwachsene gehört, die Kindern Angst einjagen, anstatt sie zu erheitern. Und auch von Erzählungen, die eigentlich nur für Kinder erdacht sind, die auch Erwachsene zum Lachen bringen. Ich kenne Geschichten, die einen nachdenklich stimmen oder ins Staunen versetzen können. Es gibt so vielfältige Genres: Grusel für die Gänsehaut, Spannung für die Nerven, Romantik für das Herz, Poesie für die Hingabe, Fantasie für die Träumer, Witze für die Lachmuskeln, Dramen für Seele...«

Völlig außer Atem schloss das große Buch seine Aufzählung ab.

»Du siehst, es gibt unzählige Varianten von Geschichten.«

Das kleine Märchen war begeistert. So etwas hatte es nicht erwartet.

»Und du kennst sie alle? Also jede einzelne Geschichte?«

Wieder konnte sich das Buch ein Lächeln nicht verkneifen.

»Nein, das ginge auch gar nicht. Es gibt unendlich viele Geschichten. Und selbst wenn das nicht so wäre, manchmal gehen auch welche verloren. Verschwinden einfach so. Sind plötzlich weg und keiner kann sich mehr an sie erinnern. Dann zum Beispiel, wenn der letzte Mensch, der sie gehört hat, stirbt, ohne sie weiter erzählt oder aufgeschrieben zu haben. In diesem Moment endet die Geschichte und niemand wird sie je wieder erzählen. Keiner wird sagen können, ob sie lustig oder traurig war, einem Angst machte oder zum Nachdenken anregte. Ob sie dafür geschaffen war einem betrübten Gemüt, ein Lächeln einzuhauchen oder das unangenehme Gefühl von aufsteigender Wut zu erzeugen. Vielleicht gehörte sie auch zu den Geschichten, die genutzt werden, um Menschen zu manipulieren, Panik zu verursachen oder anderweitig die Gedanken verzweifelter Wesen mit Lügen anzureichern, damit der Drang nach Macht und Reichtum ihrer verderbten Erfinder befriedigt wird. Solche Geschichten gibt es leider auch, und sie sind oft schwer von den wahren und aufrichtigen zu unterscheiden. Es mag aber auch sein, dass sie einzig und allein verfasst wurde, um dem Schmerz des Autors ein Ventil zu geben und es ihm zu ermöglichen sich selbst zu heilen. All das wird man nicht mehr erfahren, wenn die Geschichte für immer verschwunden ist. Deshalb ist es vollkommen unmöglich *alle* Geschichten zu kennen.«

Das Märchen schaute bedrückt.

»Und dann ist sie einfach so weg? Für immer und ewig?«

»Naja,«, erwiderte der Roman, »vermutlich. Das kann keiner so genau sagen, da sich ja niemand an sie erinnern kann.«

»Das ist traurig«, sagte die kleine Geschichte.

»Gibt es denn nichts, was man dagegen machen könnte?«

»Nun,«, sprach der dicke Wälzer, »es gibt schon Mittel, um zu verhindern, dass wir verloren gehen. Viele von uns sind auf Papier geschrieben, traditionell durch eine, mit ruhiger Hand geführte, Feder. Einige auf vergilbtem Papier, so wie ich. Andere werden Buchstabe für Buchstabe, mit der Wucht eines metallenen Stempels, durch ein farbiges Band auf den Untergrund geschlagen. Ich habe mir sagen lassen, dass das gar nicht so schlimm ist, wie es klingt. Aber es gibt noch viele andere Möglichkeiten. Zum Beispiel habe ich von welchen gehört, deren Worte in steinerne Platten gehämmert oder in die Rinde eines Baumes geschnitzt wurden. Manch alte Geschichte wird sogar einzig durch einfach gemalte Bilder an einer Wand erzählt und überlässt dem Betrachter mannigfaltigen Freiraum zur Interpretation. Und dann wiederum gibt es jene, die nur erzählt oder gesungen werden. Von Vater zu Sohn, Mutter zu Kind, Frau zu Mann, Freund zu Feind, Generation zu Generation. Bei jedem Erzählen Wort für Wort dieselbe Geschichte. Manchmal aber auch weiter ausgeschmückt und verändert, bahnen sie sich, ohne eine einzige Persistenz, ihren Lauf durch die Zeit, festgehalten nur in den Köpfen derer, die sie vernommen haben. Stück für Stück um ein Wort angereichert oder eine Passage verringert, werden sie geformt, allein durch die Fantasie derer, die sie erzählen und jenen, denen sie erzählt werden.«

»Und in einigen seltenen Fällen,«, fügte er nachdenklich hinzu, »mag es sogar vorkommen, dass eine Geschichte, über Jahrhunderte hinweg modelliert, verändert und geschliffen, plötzlich genauso wiedergegeben wird, wie an dem Tag, als sie das erste Mal von Mund zu Ohr transportiert wurde. Mit dem gleichen Wort beginnend und dem selben Inhalt endend.«

Die kleine Geschichte wirkte zufriedener als kurz zuvor.

»Dann muss ich ja keine Angst haben, dass wir alle eines Tages verschwinden und es keine Geschichten mehr gibt. Ich bin ja auch schon auf Papier geschrieben. Puh, du hattest mir einen gehörigen Schrecken eingejagt. «

Der Roman nickte fürsorglich.

»Geschichten werden nie vollkommen verschwunden sein, da brauchst du dir keine Sorgen machen. Selbst, wenn ab und zu eine verloren geht, es erscheinen ja ständig neue«, sprach das alte Buch.

»Echt?«, fragte die erstaunte Geschichte. »Wie denn?«

»Viele von uns – so wie du und ich – entstehen einfach durch das spontane Aneinanderreihen von Worten. Sie werden beim Erzählen erdacht und immer weiter gesponnen, einem unsichtbaren Faden folgend, der sich durch die Fantasie des Erzählers und der Zuhörenden windet, sich um Erinnerungen schlängelt oder gar neue erzeugt. Andere werden von langer Hand sorgfältig geplant, die Umgebung ihres Kontextes akribisch recherchiert und analysiert, ihr Aufbau und Wirklichkeit detailgenau konzipiert, bevor sie niedergeschrieben oder erzählt werden. Manche passieren einfach auch so. Spontan, im täglichen Leben. Und diese Ereignisse sind so dann erzählenswert, dass sie als Geschichte niedergeschrieben werden, ohne großartig erdacht werden zu müssen.«

»Ja, ja!«, rief das Märchen, »Das mit dem spontanen Ausdenken kenne ich. Das war bei mir genauso.«

»Und nicht nur bei dir.«

Der Roman deutete auf die anderen Geschichten, die auf dem nussbraunen Schreibtisch lagen.

»So wie dich, gibt es ganz offensichtlich noch weitere, die in diesem Zimmer, bei Kerzenlicht, auf diese Art entstanden sind. Wort für Wort einer großen Idee folgend, oder mit jedem Absatz eine neue Richtung einschlagend. So sind sie gewachsen, bis sie sich am Ende gesammelt haben, strukturiert auf gestapeltem Papier. Sorgfältig gebunden in einem gemeinsamen Einband, liegen sie jetzt übereinander in unterschiedlichsten

Schreibstilen. Da, wo die eine das romantische Gefühl der Ewigkeit durch tiefgehende, adjektivierte Sätze zum Leser transportieren möchte, probiert eine andere den Weg in das Herz des Betrachters durch einfache, klare Worte zu finden, während die nächste in verspielter Leichtigkeit den Einklang zwischen Leben und Tod zu vermitteln versucht. Und so entfernt und getrennt sie auch wirken, schaut man ganz genau hin, dann seid ihr alle verbunden. Verwoben durch zarte Fäden – feine, winzige Dinge – die euch hauchdünn miteinander verketten und so einen lebendigen, gemeinsamen Rahmen schaffen, der ein größeres Bild erzeugt und die Einzigartigkeit ihrer Einsamkeit aufhebt, um sie in einen größeren Kontext zu heben«, sprach er, leicht geschwollen, wieder von seiner romantischen Natur beeinflusst.

Das kleine Märchen besah sich seine Brüder und Schwestern. Sie waren tatsächlich alle unterschiedlich, einige kurz, einige lang – sogar ein anderes Märchen war dabei. Eine ihrer Schwestern erzählte von hilflosem, tiefgehendem Herzschmerz. Eine andere von den traurigen Irrwegen, die das Leben einschlagen kann, bis es sich an einem Punkt befindet, an dem man nur noch die Wahl zwischen Leben und Tod hat. Sie hatte einen großen Bruder, der von einer winterlichen Reise erzählte und einen, der jemanden bei einer schrecklichen Erkrankung begleitete. Den winzigsten Spross in ihrer Familie fand sie besonders drollig. Er handelte von einem Wecker und war richtig niedlich anzusehen, so süß und putzig war er. Eine ihrer Schwestern war sogar sehr lustig geschrieben. Das kleine Märchen lachte kurz auf, als sie einen Satz über eine dicke Frau in einem Flugzeug las.

Ja, sie gehörten alle zusammen. Obwohl sie nicht genau erklären konnte, was sie verband, war sie froh nicht allein zu sein. Sie spürte, dass nicht nur sie und ihre Geschwister durch ein Band verflochten waren, sondern dass es etwas gab, das alle Geschichten gemeinsam hatten. Jede einzelne auf der großen, weiten Welt.

Der alte Roman sah die junge Geschichte an. Als könne er ihre Gedanken lesen oder wenigstens ihre Frage erahnen, sagte er weise:»Wie viele unterschiedliche Gründe es für die Entstehung von Geschichten gibt, wie viele verschieden Facetten ihrer Weitergabe existieren, wie viele Formen der Aufbewahrung für die Nachwelt erdacht wurden, alle haben wir eins gemeinsam. Ob man es will oder nicht. Ob beabsichtigt oder einfach nur aus Versehen. Ob nur als winziger Hauch, eine flüchtige Illusion oder in gefühlter Gänze und Klarheit. Bei jedem Buch, das man liest, jeder Geschichte, der man lauscht, jedem Satz, den man vernimmt, man schaut unweigerlich in die Seele dessen, der sie erdacht hat. Und manchmal…«, fügte er sanft hinzu, »ganz selten, in stillen Momenten, schaut dieser Mensch auch zurück.«

Das Märchen lächelte. Es war froh eine Geschichte zu sein und war gespannt, wer sie lesen würde. Dann blickte sie auf ihre Brüder und Schwestern, die ebenfalls noch so jung und ungelesen waren, und kam auf die wundervolle Idee, dass sie die Erste sein wollte, die über die Zeilen ihrer Geschwister flog. Sie setze sich in eine gemütliche Ecke, blätterte in ihrem Buch bis zum Anfang und begann zu lesen…

Der Anfang

Langsam drehte er sich im Bett hin und her, die Augen noch immer geschlossen. Es war warm und behaglich. Die Jalousien noch unten, sodass kein Lichtstrahl in das kleine Zimmer fiel. Die Wärme seiner Decke spürend, schlug er die Füße um das untere Ende, wie es so seine Art war, und zog sie mit einer sanftmütigen Bewegung enger um die Schultern. Er wusste nicht, wie spät es war, aber der Schleier der Müdigkeit lag noch geruhsam und gemütlich über ihm. Er atmete tief ein und überlegte, ob er tatsächlich riskieren sollte einen Blick auf den Wecker zu werfen, oder ob er das ungute Gefühl, dass es bereits Zeit zum Aufstehen war, ignorieren sollte, in der Hoffnung, das Schicksal würde sich gnädig erweisen und ihm, durch eine glückliche Fügung, noch einige weitere Stunden wertvollen Schlafes gönnen.

Eigentlich wäre es egal gewesen sich darüber Gedanken zu machen, denn der Wecker würde sein brutales Werk in jedem Fall vollziehen. Doch er hasste es, im Halbschlaf, in seinen Träumen liegend, von diesem Horrorinstrument der Zeitoptimierung fast zu Tode erschreckt zu werden. Also schickte er kurz ein sehr liebloses Stoßgebet an den Gott, der gerade zuhören möge, und öffnete die Augen. Ein Fehler. Die Zahlen 6, 5, 9 grinsten ihm in einem tückischem Rot entgegen und als sei das noch nicht genug, klappten in diesem Moment alle Zahlen um. *Tröt.* Obwohl er die Gefahr direkt auf sich hatte zukommen sehen, schreckte er zusammen und sein Herz raste, als hätte er gerade die Bestzeit beim Jogging unterboten. Den Gedanken nicht loswerdend, dass sein Stoßgebet erhört wurde, allerdings von einem Gott des boshaften Schabernacks, legte er langsam die Bettdecke beiseite und torkelte zur Quelle der morgendlichen Ruhestörung. Klack. Mit einer automatisierten Bewegung setze er dem Spuk ein Ende.

Noch war es dunkel im Raum, doch er kannte ihn seit Jahren in- und auswendig. Mit seinem linken Auge tastete er langsam die Gegend ab. Das andere hielt er fest verschlossen. Vor Jahren hatte er sich an diesem eine Verletzung zugezogen und der Riss drohte, obwohl schon lange vernarbt, wieder aufzureißen, wenn er das Auge nach dem Schlaf zu schnell öffnete. Er konnte sich noch gut an die Schmerzen erinnern, die er durchlitten hatte, als die Wunde noch frisch war. Drei volle Tage hatte er in nahezu gänzlicher Dunkelheit verbracht. Selbst der leichte Lichteinfall, der ab und zu vom Flur in das Wohnzimmer drang, hatte ihm Qualen bereitet. Er hatte schon zahlreiche Schmerzen und Operationen in seinem Leben über sich ergehen lassen müssen, aber die Erinnerung an diese Zeit verpasste ihm noch immer einen gehörigen Respekt.

Er tastete sich mit dem linken Auge langsam aus dem Zimmer, durch den Flur, in das Bad. Auch hier traute er sich noch nicht, das Licht einzuschalten, doch da das Badfenster nur leicht verhangen war, drang genug Helligkeit herein, um den Weg zur Dusche zu finden. Er mochte es ohnehin nicht am Morgen im Hellen zu stehen, sondern bevorzugte es ganz langsam aufzuwachen, während ihm das warme, fast schon heiße Wasser über den Körper prasselte.

Er drehte langsam an der kalten Armatur und stellte wie gewohnt die richtige Temperatur ein. Danach stieg er vorsichtig in die Kabine, warf ein großes Handtuch über das obere Ende und zog die Tür hinter sich zu. Er genoss dieses Gefühl von Ruhe und Wärme. Die Duschkabine füllte sich mit Wasserdampf. Behutsam ließ er etwas warmes Wasser in die Handflächen laufen und wusch sich das Gesicht. Dabei befeuchtete er das rechte Auge und öffnete es langsam. Alles gut. Kein Schmerz. Das war jeden Morgen der Moment, an dem er das erste Mal tief durchatmete. Nun schloss er die Augen wieder und genoss die angenehme und behütende Umgebung.

Er war so müde, dass er das Bedürfnis hatte wieder einzuschlafen und kurz fragte er sich, ob es ihm tatsächlich gelingen würde. Doch dann trat er langsam einen vorsichtigen Schritt nach vorne, drehte sich um und stellte sich gänzlich unter die Brause. Das Wasser prasselte rhythmisch auf die Kopfhaut und floss dann in langen Rinnsalen den Rücken herunter. Er stand einfach nur da und ließ die Gedanken kreisen. Und in ebendiesen Gedanken ließ er Teile seines vergangenen Lebens Revue passieren.

Er wanderte zurück zu den vielen Jahren des Studiums, in denen er gezwungen war zeitweise drei Jobs anzunehmen, um über die Runden zu kommen. Wenn er ausgelaugt nach Hause kam, hatte er sich meistens schnell etwas zu Essen gemacht, bevor er sich auf seine Bücher und Aufzeichnungen stürzte. Nicht selten war er Stunden später mit einem aufgeschlagenen Buch auf der Brust aufgewacht, der schmerzende Nacken steif von der sitzenden Schlafposition. Oft hatte er dann die verbleibenden Stunden genutzt, um noch das ein oder andere Kapitel zu lesen, bis er wieder zur Arbeit oder Universität fuhr, um sich am Abend erneut in seine Studien zu vertieften. Es war nicht immer leicht, doch die guten Ergebnisse gaben ihm jedes Mal wieder neue Energie. Und der unermüdliche Drang, der ihn vorwärtstrieb, ließ ihm auch keine andere Wahl. Eine Klausur nicht mit der Bestnote abzuschließen, war unvorstellbar. Die zweitbeste Note eine Niederlage, die er nicht selten mit einer Träne im Auge hinnehmen musste.

Er wusste nicht einmal mehr genau, wann er diesen Ehrgeiz entwickelt hatte. Noch zu Schulzeiten hatte er seine Musik und seine Freiheit geliebt, wusste für jeden Tag der Woche einen Club, in den man kostenlos reinkam. Er genoss es fast jede Nacht, berauscht vom Alkohol und vom Leben, durch die Straßen zu ziehen. Frei, einfach frei. Frei und unbeschwert, so als würde es nie ein anderes Leben geben. Lernen interessierte ihn nicht, außer es handelte sich um Riffe, die er mit Leidenschaft auf seiner Gitarre bearbeitete.

Doch dann kam das Studium und mit ihm die Arbeit. Anfangs tat er sich schwer und als die ersten Erfolge ausblieben, war er schon kurz davor alles abzubrechen. Aber der Stolz ließ das nicht zu und so fing er an, sich zusätzlich an den Wochenenden mit dem Stoff zu beschäftigen. Und langsam änderte sich sein Leben. Scheibchenweise erkaufte er sich den Fortschritt, indem er die Freiheit aufgab, bis er am Ende als Jahrgangsbester seinen Abschluss bekam. Ein seltsamer Augenblick, als ihm die Urkunde überreicht wurde. Fünf harte Jahre und er spürte keine Freude. Kein Glück. Nur Leere. Damals hatte er sich noch gewundert, dass dieses Ereignis, für das er so lange gekämpft hatte, ihn dermaßen kalt ließ. Doch dann hatte er sich mit der Promotion ein neues Ziel gesetzt. Der neue große Erfolg, für den er jetzt jeden Tag hart arbeitete. Noch einmal drei Jahre. Dann wollte er endlich wieder frei sein…

Er hatte das Gefühl für die Zeit verloren und konnte nicht genau sagen, wie lange er schon unter der Dusche stand. Am liebsten hätte er sie gar nicht mehr verlassen. Aber ein unerbitterlicher Drang zog an ihm und forderte ihn auf, die schützende, warme Umgebung zu verlassen. Kurz versuchte er noch dagegen anzukämpfen, dann gab er ihm nach und betätigte widerwillig die

Drehknäufe an der Wand, bis das Wasser endgültig versiegte.

Stille. Dann Kälte. Es fröstelte ihm und schnell griff er nach dem großen Handtuch, um sich darin einzuwickeln. Doch so sehr er auch die Wassertropfen von der Haut rubbelte, die Kälte blieb. Es war ein Frösteln, das nicht von außen kam, eine Kälte, die sich aus dem Inneren an die Oberfläche kämpfte und ihn mit einem eigenartigen Zittern zurückließ. In das Handtuch gekuschelt, lehnte er sich an die große Heizung, die hinter ihm angebracht war. Doch keine behagliche Wärme breite sich über ihm aus und drängte den inneren Frost zurück.

Erst jetzt bemerkte er, dass er die Duschkabine mit geschlossenen Augen verlassen hatte. Monoton ließ er die Lider auseinander gleiten und blickte gerade aus. Die Lampe war noch immer nicht eingeschaltet aber der stetig älter werdende Tag schickte nun zaghafte Sonnenstrahlen herein, die den Raum leicht erhellten und den einzelnen Gegenständen greifbare Konturen verliehen. Ihm gegenüber, kurz über dem Waschbecken, blickte ihn eine traurige Gestalt an. Sie schien halb zu stehen, halb zu kauern und durchdrang ihn mit einem seltsam verzweifelten und fragenden Blick. Die eingefallenen Augen waren mehr als das Zeugnis früher Morgenstunden und die tiefen Sorgenfalten, die sich auf der Stirn abzeichneten, schienen sich einen permanenten Platz im Gesicht seines Gegenübers erarbeitet zu haben. Dieser

Anblick beunruhigte ihn so sehr, dass er das Handtuch noch fester um die Schultern zog, in der Hoffnung es würde ihm mehr Schutz geben. Wovor, wusste er selbst nicht.

Erwartungsgemäß vollführte die Spiegelgestalt die gleiche Bewegung, und noch bevor er selbst die Wärme auf den Wangen fühlte, sah er, wie sich die Augen im Spiegel mit großen, schweren Tränen füllten. Er weinte, war überrascht und wunderte zugleich, denn eigentlich war ihm gerade gar nicht zum Weinen zumute. Die Tränen kullerten in einem kontinuierlichen Strom, erst die Wangenknochen, dann das Kinn und schließlich den Hals hinab, doch innerlich verspürte er keine Trauer. Er war ruhig, beinahe gelassen und versuchte der Situation mit Logik zu begegnen. Logik war immer der perfekte Anker gewesen, mit dem er es noch jedes Mal geschafft hatte, seine Gefühle zu kontrollieren. Er analysierte, ob in den letzten Tagen etwas vorgefallen war, was ihn in diese Situation brachte, aber anstatt einen klaren Gedanken fassen zu können, begann er plötzlich zu zittern. Langsam sank er, mit dem Rücken zur Wand, in sich zusammen und setzte sich auf den kalten Kachelboden.

Da nahm er das Schluchzen wahr und merkte, wie die Tränen immer heftiger über sein Gesicht strömten. Zugleich breitete sich eine lähmende Trauer in ihm aus. Unfähig die eigenen Gliedmaßen zu kontrollieren, lag er einfach auf den blanken Fliesen und hatte beinahe das Gefühl, er könne sich von außen betrachten, wie er da auf dem Boden lag. Das weiße Handtuch um die Hüften gewickelt, die Knie an den Leib gezogen, beide Hände fest in einander verkrallt. So lag er da. Und lag. Und lag.

Irgendwann wurde das Wimmern leiser. Er hörte auf zu zittern und der Tränenfluss ließ nach. Erschöpft stand er auf und setze sich auf den Rand der Badewanne. Dass es im Raum eiskalt war, merkte er erst nicht. Er fühlte sich, als wenn sein Geist in einem zerstörten, irreparablen Gefäß gefangen sei. Wieder überkam ihn das Empfinden, sich von außen betrachten zu können, die Seele weit von der fleischlichen Existenz entfernt. Die Muskeln schlaff, die Haut ihm selbst fremd. Als er die Hände auf seine Knie legte, fühlte es sich an, als wären es fremde Hände, fremde Knie, alles fremd.

So saß er eine Weile, bis die geschwollenen Augen die aufgerichteten Härchen auf den Armen bemerkten. Da erst nahm er die Kälte war und sah, wie sein Atem sich in rhythmisch, nebligen Schwaden vor ihm ausbreitete. Ein kurzer Blick streifte die Uhr. Die Zahlen darauf deuteten an, dass schon mehr als eine Stunde vergangen war. Aber diese Information drang nicht tiefer in das Bewusstsein, sondern verlor sich in dem chaotischen Gedankengewirr, welches durch seinen Versand geisterte. Weder die vor ihm liegenden Aufgaben, noch der Grund für das frühe Aufstehen, spielten gerade eine Rolle.

Ausgelaugt und schwerfällig erhob er sich und schaltete den nahen Heizstrahler ein. Wohlige Wärme breitete sich in dem Raum aus. Die innere Eisigkeit vermochte sie jedoch nicht zu vertreiben. Langsam schleppte er sich zurück zur Badewanne. Wie ein vom Greisenalter gezeichneter Mann, hievte er die schlaffe Hülle in das weiße Behältnis. Halb auf den Boden starrend, drehte er den Hahn auf. Von der anfänglichen Kälte des Wassers nahm er nichts wahr. Das plätschernde Geräusch schien ihn sogar zu beruhigen. Irgendwann erwärmte sich das ihn umschließende Nass und spendete ein Gefühl von Geborgenheit. Er versuchte sich zu entspannen. Genau in diesem Moment flossen wieder Tränen über die Haut.

Diesmal kämpfte er nicht dagegen an, sondern ließ es über sich ergehen. Er starrte gerade aus, die Leere fixierend. Entlang eines unsichtbaren Bandes aus seinen Gedanken, hangelte er sich zurück in die Vergangenheit. Er erinnerte sich an ein altes schwarz weißes Foto, welches seinen Vater mit Anfang dreißig zeigte. Das dunkle Haar zur Seite gekämmt. Den dichten Bart gepflegt. Einen kleinen blondhaarigen Jungen auf dem Arm haltend. Einen kleinen Jungen, der nun in einem kalten Badezimmer in einer Wanne saß. Er war jetzt so alt wie sein Vater damals. Was hatte er erreicht? Ein Diplom mit Auszeichnung. Jahrgangsbester. Die Anerkennung und Bewunderung der Kommilitonen und Kollegen. Internationale Veröffentlichungen und Vorträge. Und eine Promotion in greifbarer Nähe - im Grunde also nichts.

Er musste unfreiwillig lächeln. Über ein Jahrzehnt harte Arbeit und er hatte weniger erreicht als sein Papa mit einem Facharbeiterabschluss. Wie wünschte er sich, die Zeit zurückdrehen zu können. Noch einmal von vorne anfangen. Weniger arbeiten. Die Gesundheit pflegen. Seine Beziehung retten, bevor es zu spät war. Selbst in die Kamera lächeln und stolz ein kindliches Wesen auf dem Arm halten. Er fragte sich, an welcher Stelle im Leben er falsch abgebogen war. Hatte dort ein Schild mit der Aufschrift »Bitte wenden« gestanden? Hatte er es einfach übersehen? Vielleicht, weil er auf der Überholspur, an allen anderen vorbei rasend, viel zu schnell war, um es bemerken zu können? Möglicherweise war dem Schicksal auch einfach nur langweilig gewesen und hatte ihn deshalb auf einen falschen Weg geführt. Aber vielleicht war er auch einfach nur selbst schuld. Wer seinen Träumen hinterherjagt, sollte sich ab und zu umdrehen, um zu prüfen, ob er nicht etwas Wichtiges zurückgelassen hat.

Jetzt schaute er zurück – viel zu spät. Die vierspurige Autobahn hatte sich in eine Holperpiste verwandelt, die am Ende in einem weiten, treibsandigen Moor endete. »Sackgasse – Keine Wendemöglichkeit für Überflieger«. Er schloss die Augen.

Als er sie wieder öffnete, war das Wasser längst kalt geworden. Irgendwann hatte er wohl den Zufluss gestoppt. Er konnte sich nicht mehr erinnern. Er musste kurz eingenickt sein und fragte sich, ob die morgendlichen Erinnerungen, die in seinem Kopf spukten, nur das Resultat eines schmerzlichen Traumes waren. Doch als der Blick auf das zerknüllte Handtuch am Boden fiel, wurde ihm klar, dass es kein Traum gewesen war. Er fühlte sich schwach und kümmerlich. Fröstelnd erhob er sich aus der Wanne, trocknete sich ab und zog die Kleidung an, die er am Vorabend fein säuberlich zurechtgelegt hatte. Die schwarze Buntfaltenhose mit dem edlen Ledergürtel, das weiße, gebügelte Hemd. Als er die Sachen überstreifte, fühlte er sich, als stiege er in ein enges Korsett und ihm wurde wieder bewusst, wie sehr er sich verkauft hatte. Er schob den Gedanken beiseite und verließ das Bad.

Während er den Flur betrat, fühlte er sich schon etwas besser. Als er – wie jeden Morgen – seine Schuhe anzog, schöpfte er neue Kraft. Die Routine gab ihm Sicherheit. Mit vertrautem Griff nahm er das Jackett vom Bügel und zog es über. Wie immer würde er sich jetzt auf den Weg zur Arbeit machen. Er atmete tief durch, schritt zur Tür und drückte die Klinge herunter. Zumindest versuchte er es. Doch sie bewegte sich nicht. Wie von einer unsichtbaren Hand nach oben gedrückt, verharrte sie stur an der selben Position. Er wollte es gerade ein weiteres Mal versuchen, als er feststellte, dass seinen Finger zitterten. Es gab keine unsichtbare Macht, die ihn daran hindern wollte, die Wohnung zu verlassen. Sein Körper selbst wehrte sich dagegen. Er wollte nicht die vertraute, schützende Umgebung verlassen, in der er schon seit so vielen Jahren wohnte. Draußen war die böse Welt, hier eine sichere Zuflucht, in der ihn nicht die grausame, kalte Gesellschaft bedrohte. Die Wände waren ein Schutzschild. Wie die Decke eines Kindes, welche, über den Kopf gezogen, jedes Monster abzuhalten vermag. Der Boden, die Tapete, die Türrahmen und Fenster, sie hatten hier so viel Glück und gleichzeitig so viel Leid miterlebt. Sie waren mit dabei, als verliebtes Lachen durch die Räume hallte. Waren dabei, als die Arbeit stetig und unaufhörlich die Liebe verdrängte. Waren dabei, als nur noch ein Mensch sich, leise weinend, im Bett, an den leeren Platz neben ihm zu kuscheln versuchte. Und auch jetzt waren sie dabei, als sein Blick auf das Foto neben der Tür gelenkt wurde.

Auch nach so langer Zeit hatte er es noch nicht übers Herz bringen können, dieses Bild abzunehmen. Es zeigte zwei Menschen. Damals waren sie noch glücklich. Es war ein zauberhafter Herbsttag gewesen. Unbekümmert sahen sie aus. Er lächelte. Sie lächelte. Die Köpfe aneinander gelehnt.

Jetzt lächelte keiner mehr und bei dem Anblick des vergangenen Glücks stach es heftig in seinem Herzen. Wieder traten Tränen aus den Augen und die brutale Last der Erinnerung hämmerte auf ihn ein. Plötzlich kam ihm die Wohnung nicht mehr wie ein schützender Palast vor, sondern glich einem einengenden Gefängnis, in dem er zusammen mit seinen Fehlern eingesperrt war. Immer näher kamen die Wände mit anklagender Bedrohlichkeit. Panik machte sich in ihm breit und von dieser Emotion ergriffen, drückte er die Klinke, riss die Tür auf und stürzte aus der Wohnung.

Als er auf die Straße trat, merkte er, dass der Tag den Morgen schon lange hinter sich gelassen hatte. Die Sonne schien warm auf die Haut. Doch ihm war noch immer kalt. Es war ein ähnlich schöner Herbsttag wie auf dem Bild, vor dem er gerade geflohen war. Die großen, alten Bäume der Straße erstrahlten in den wundervollsten Farben. Die Luft war klar und der hellblaue Himmel gab einen weiteren Farbton zu diesem einzigartigen Gemälde, welche die Natur mit jedem Augenblick neu malte. Die meisten Passanten hatten ihre Jacken ausgezogen und genossen die letzte Wärme des Jahres. Diese Wärme spürte er nicht. Auch nicht den sanften Hauch des Windes, der beinahe zärtlich über die Haut strich. Ebenfalls nicht die Freude der Menschen um ihn herum. Und auch nicht das eigenes Leid. Er spürte gar nichts. Eine große emotionale Leere hatte sich seiner bemächtigt. Schleppend ging er an den vielen Läden und Cafés vorbei, die auf seinem Weg lagen. Er hatte es nicht eilig zur Arbeit zu kommen – ganz im Gegenteil. Je mehr er sich ihr näherte, desto langsamer wurden die Schritte. Hier und da blieb er stehen und betrachtete die unterschiedlichsten Dingen in den großen Schaufenstern. Sie interessierten ihn nicht, waren aber eine willkommene Ausrede, um seinen Weg nicht sofort fortsetzen zu müssen.

So ging er von Geschäft zu Geschäft, bis er plötzlich an dem alten Spielzeugladen vorbei kam, den es schon gegeben hatte, als er noch jung war. Die bunten Gegenstände in der Auslage übten eine fast magische Faszination auf ihn aus. Neben den derzeitigen Kassenschlagern, der überall präsenten Konsumindustrie, lagen dort noch andere Spielzeuge, welche einen starken Kontrast zu den überzeichneten Plastikfiguren bildeten, denen die meisten Kinder hinterherrannten. Hier erblickte er handbemalte Zinnsoldaten, dort eine Blechfeuerwehr. Auf einem kleinen Plateau zog eine Eisenbahn unermüdlich ihre Bahnen, unentwegt beobachtet von einem lustig dreinschauenden Vogel, dessen Körperenden über dünne Schnüre mit einem einfachen Kreuz verbunden waren. Er hing über dem Boden und der Luftzug, der sich hin und wieder öffnenden Eingangstür, versetzte ihn zuweilen in Bewegung und verlieh der Marionette fast den Anschein, lebendig zu sein. Neben einer aus Holz geschnitzten Handpuppe saß ein gelber Teddybär, der ihn mit braunen Knopfaugen freundlich ansah. Der Stoffbär erinnerte ihn an seinen besten Freund aus Kindertagen, den er kreativerweise »Teddy« getauft hatte. Damals waren sie beide unzertrennlich gewesen. Damals, als sein Papa noch gelebt hatte. Die Erinnerung schmerzte und er suchte nach einem anderen Gegenstand, um sich abzulenken. Doch die rosa Kindersöckchen, die als erstes in sein Blickfeld fielen, zogen ihn nur noch weiter nach unten.

»Warum weinst du denn?«, hörte er plötzlich eine helle Stimme fragen.

Neben ihm stand ein kleines Mädchen und sah neugierig zu ihm hinauf. Ihr Lächeln hatte eine unglaublich beruhigende Wirkung auf ihn. Während er sich die Tränen vom Gesicht wischte, überlegte er, was er antworten sollte.

»Wahrscheinlich, weil ich vor langer Zeit mein Lachen verloren habe. Es war einfach weg. Aber erst jetzt ist mir aufgefallen, dass es verschwunden ist«, antwortete er nach eine Weile.

Sie sah ihn nachdenklich an. Man konnte beinahe sehen, wie die Gedanken hinter ihrer Stirn hin und her purzelten.

»Ich glaube,«, sagte sie schließlich, mit kindlicher Weisheit, »du musst einfach nur glücklich sein. Dann kommt dein Lachen wieder von ganz alleine.«

Mit diesen Worten rannte sie los, um ihre Eltern einzuholen. Verwundert sah er ihr hinterher. Er hatte die Worte gehört und irgendwie das Gefühl, dass sie eine heilende Wahrheit beinhalteten. So, als seien sie das Medikament gegen sein Leiden und seine Trauer. Aber sie drangen nicht so tief, wie es nötig gewesen wäre. Es fühlte sich an, als sei das Glück in seiner Seele in einem inneren Gefängnis weggeschlossen, das er im Moment nicht zu öffnen vermochte. Ein Gefängnis mit hohen Mauern aus Sorgen und Einsamkeit, für deren Überwindung er keine Kraft hatte. Erschöpft dreht er sich um und ging.

Als er wenige Minuten später die Treppen zum Arbeitsplatz hinaufstieg und vor der alten Tür stehen blieb, dachte er noch einmal kurz an das kleine Mädchen. Vielleicht würde er es eines Tages tatsächlich schaffen, wieder so unbeschwert wie früher lachen zu können. Vielleicht, eines Tages. Doch dafür war jetzt keine Zeit, denn er hatte heute viel zu tun. Er blickte nach vorne, atmete tief durch und betrat das Büro.

Herbstbaum

Die morgendliche Luft war noch kalt und erfüllt von der nächtlichen Klarheit früher Herbstnächte aber schon angereichert mit den vielfältigsten Wiesendüften, die aus allen Richtungen hin und her strömten, als ein dumpfer Klang durch die gemächlich erwachende Landschaft ging. Es war nur ein kurzes Geräusch, gefolgt von einem sich sanft ausbreitendem Nachklang, so, als wenn die tiefste Seite eines riesigen Kontrabasses ertönt und langsam ausschwingt. Der große Ast der Eiche zeigte sich davon nahezu unbeeindruckt. Nur zwei kleine Amseln, die auf einem benachbarten Baumauswuchs genächtigt hatten, flogen erschrocken in die Lüfte. Es war so ruhig, dass einzig die aufgeregten Schläge ihrer winzigen Flügel vernehmbar waren. Mit kräftigen Stößen schoben sie sich in Richtung Horizont, an dem die Sonne anfing ihre wärmende Kraft über die Wiese, mit all ihren noch schlafenden Blumen und Gräsern, auszubreiten. Durch den leichten Nebel, der sich kniehoch über das Gras gelegt hatte, schlängelten sich die fröhlich orange–gelben Strahlen und verwandelten den Boden in einen zauberhaft leuchtenden Teppich, der mit einem schwachen Schein nur hier und da einen zarten Blick auf die darunter liegende Wiese erlaubte. Wie Tänzer einer nahezu unendlich entschleunigten Choreographie, bewegten sich die Nebelschwaden, in sanfter Anmut, kaum wahrnehmbar, zu dem seichten Spiel des Windes und ließen sich in ihrer Leichtigkeit über die Wiese tragen. Über allem lag der wolkenlose Himmel, wie eine liebevoll wärmende Decke, ebenfalls gefärbt in den wunderschönsten Orangetönen.

Die Blätter der alten Eiche ließen sich auf gleiche Weise von diesem Tanz inspirieren und raschelten fast unhörbar im Takt des auf- und abflauenden Windes. Sie stand als einziger Baum schon seit Jahrzehnten in der Mitte des weiten Wiesenlandes. Viele hatte sie kommen und gehen sehen und keiner war mehr lebendig, der sich daran erinnern konnte, wie die zierliche Eichel zu dem Ort kam, an dem sich kurz darauf ein junger Spross durch das Erdreich an die Oberfläche kämpfte. Niemand, der die ersten jungen Triebe sich in die Luft recken sah. Niemand, der den ersten kalten Winter mit ihr überstanden hatte. Und niemand, der von den unzähligen, unterschiedlichen Jahren berichten konnte, in denen Stück für Stück ein weiterer Ring um ihren stetig anwachsenden Stamm gezogen wurde.

Nun war sie alt. Sie hatte mehr Jahre hinter sich, als sie noch erleben würde. Und doch stand sie noch da, stärker und mächtiger als alles andere auf der weiten Flur.

Die Kornblumen mit ihren frohen Blautönen waren am verblühen. Das Habichtkraut schon längst vergangen. Das Immergrün hatte bereits beizeiten den lila-farbenen Glanz verloren. Doch die Eiche stand da, stark und stolz wie eh und je. Jedem Wind, jedem Sturm, jedem Wetter trotzend. In ihren Wipfeln hatte sich so manches Vogeljunge durch die harte Schale der Brutkapsel an das Licht der Welt gekämpft. Und obwohl Wind und Wetter ihr eigene Nachkommen verwehrt hatten, schien es so, als wenn sie, mit ihrem schützenden Blätterdach, freiwillig und ohne Forderung, die Patenschaft über zahlreiche Vogelwesen übernommen hatte. Wie durch eine unsichtbare Verbindung, war jeder hier geborene Vogel immer wieder zu ihr zurückgekehrt. Sei es, um den eigenen Jungen, in den prächtigen Verästelungen, die Liebe und Fürsorge zuteilwerden zu lassen, die nur Eltern ihren Kindern geben können, oder einfach nur, um beschwingt durch die leuchtenden Blätter zu sausen und die Erinnerungen an eine behütete Kindheit zu genießen.

Die Sonne stand nun schon etwas höher und durch das bunte Blätterwerk funkelten ab und an vereinzelte Strahlen. Der Nebel hatte sich verzogen und gab jetzt einen ungehinderten Blick auf die malerische Szenerie frei. Die morgendlich in ganzheitliches Orange gehüllte Landschaft trennte sich am Horizont in das wundervolle saftige Grün des Grases und das klare strahlende Blau des Himmels. Wie unzählige kleine Perlen, schimmerte der Tau über die gesamte Wiese hinweg.

Zwischen zwei Kornstängeln hing ein Spinnennetz, an dem sich vereinzelt Tautropfen gebildet hatten, welche schwermütig die seidene Falle nach unten zogen. Ihre Besitzerin sah nicht sonderlich erbaut über diesen Umstand aus und fing an, neue Fäden zu spinnen, um das lädierte Kunstwerk zu reparieren.

Unberührt davon, saß eine Schnecke auf einem kräftigen, grünen Blatt und genoss die erste Wärme des Morgens. In der Nähe lugte eine junge Spitzmaus verschlafen aus ihrem Loch. Das seidig graue Fell mit einer leichten Schicht Sand überzogen, warf sie den ein oder anderen verstohlenen Blick über den, aus ihrer Perspektive, sichtbaren Teil der Wiese.

Über ihr bot sich in diesem Moment ein besonderes Schauspiel. An dem Halm einer Wiesensilge hing ein blattfarbener, fast unscheinbarer Kokon, der mit weißen Fäden an dem grünen Stängel befestigt war. Anfangs war es nur die Kraft des Windes, die dem Objekt ein leichtes Wippen verlieh. Doch dann trennte sich der Fluss der Bewegung vom Spiel des Luftzuges und nahm eigene Formen an. Erst zaghaft, dann immer stärker, wurde die Schale von innen nach außen gebogen, bis sich ein Geschöpf im Inneren in die Freiheit kämpfte. Es dauerte einige Sekunden, bevor es seine Flügel vollkommen aufgepumpt hatte. Doch dann glänzten sie in einem reinen, unschuldigen Weiß. Die Ränder geschmückt von schwarzen Kreisen, die am Ende in ein tiefes Blau übergingen. Am unteren Teil zierte je ein kleiner, roter Kreis das Flügelende. Wie das gerade vollendete Werk eines jungen Künstlers, hing der Falter an dem Doldenblüter und fing langsam an die prachtvollen Schwingen rhythmisch zu bewegen, so als wolle er sagen: »Seht her, ich bin geboren.«

Vermutlich mit diesen stolzen Worten im Gedanken, schwang sich der Schwalbenschwanz in die Lüfte und kreiste, fröhlich flatternd, über die Wiese.

Nicht weit von diesem Wunder der Natur, welches in seiner Schönheit der wahrhaftigen Geburt in nichts nachstand, lag am Stamm der großen Eiche ein alter Hase – das struppige Fell schon stellenweise kahl und gezeichnet von den Jahren, die Pfoten eng an den Körper gezogen. Er schien noch zu schlafen und in ruhigen Bewegungen hob und senkte sich der Brustkorb. Wie ein langjähriger Vertrauter schmiegte er sich an die Borke und träumte wohl von jenen glücklichen Tagen, als er noch wild und nicht vom Leben gezeichnet, über die weite Flur gesprungen war. Jung und sorgenlos. Das Herz noch unverbraucht.

Mittlerweile war die Sonne zu ihrer vollen Kraft erwacht. Unablässig schickte sie ihre wärmende Energie zu Boden. Die Blumen hatten ihre Blütenblätter weit von sich gestreckt, damit ihnen nicht ein einziger Strahl entgehe. Die Fäden des Spinnennetzes waren getrocknet und die zerstörten Stellen repariert. In nahezu geometrischer Perfektion spannte es sich zwischen den einzelnen

Halmen umherstehender Gräser. Eine tödliche Falle und doch versehen mit einer einzigartigen Schönheit – ebenso schön wie der Falter, der sich farbenfroh, mit geschickten Flügelschlägen, vorwärts bewegte.

Spielerisch stieg er hoch in die Luft und es schien fast, als übe er irgendeinen geheimnisvollen Tanz. Immer wieder ließ er sich fallen und glitt in Richtung der Wiese, nur um sich kurz darauf wieder elegant in die Lüfte zu erheben, damit er die gesamte Landschaft in ihrem Facettenreichtum bewundern konnte. Unermüdlich wiederholte er diesen Bewegungsablauf. Fallen, aufsteigen – einfach frei.

Dann plötzlich sank er hinab, bis zur Spitzmaus, die in schnellen Schritten, mit winzigen Pfoten, heiter über den sandigen Boden flitzte. Fröhlich schlug sie zwei, drei Haken, die der Schmetterling mit Leichtigkeit ebenfalls ausführte und so immer kurz hinter dem Nager her flatterte. Fast hätte man meinen können, dass die Maus ihren Bergleiter zu einem Duell der Wendigkeit herausgefordert hatte. Doch egal wie sehr sie sich auch bemühte, sie konnte den Verfolger nicht abschütteln.

So tollten beide für eine Weile unbeschwert zwischen den Halmen und Gräsern hin und her, bis die Maus blitzartig in einem Erdloch verschwand. Der Schmetterling drehte daraufhin ab und stieg hoch in die Krone der alten Eiche. Kurz guckte noch der eben verschwundene

Kopf des Nagers aus dem Loch und blickte dem fliegenden Insekt freundschaftlich hinterher.

Der Schwalbenschwanz bekam davon nichts mit. Die bunten Farben des Baumes hatten seine volle Aufmerksamkeit erregt. Elegant ließ er sich auf eines der großen Blätter sinken. Die schwarzen Ränder seiner Flügel bildeten einen faszinierenden Kontrast zu dem tieforangenen Untergrund, auf dem er sich niedergelassen hatte. Verträumt genoss er die Sonne.

Einige wenige weiße, wattene Wolken zogen über den sonst strahlend blauen Himmel. Kaum wahrnehmbar folgten ihre Schatten am Boden. Einer von ihnen streifte den alten Hasen, der noch immer am Fuße der Eiche lag. Als das Halbdunkel über ihn hinweg zog, verdüsterte es kurz das graue Fell und für einen Sekundenbuchteil sah er wieder jung und kräftig aus. Das schwarze Haar voll und seidig, so als wäre er in der Zeit zurückversetzt worden. Zurück zu jenen Tagen, als die Muskeln noch stark waren und beeindruckende Sprünge erlaubten, die Augen noch klar und das Gehör feistes Rascheln auf große Entfernungen hören konnte. Den Tagen, als das Leben noch schön und unverbraucht war. Doch dieser Augenblick währte nur kurz. Als der Schatten weiter zog, zeigte sich wieder, welche Arbeit die Zeit an dem Langohr verrichtet hatte. Noch immer hatte er die Augen geschlossen und sog die Luft in tiefen, hörbaren Atemzügen ruhig in die Lungen.

So lag er, bis die Sonne sich bedächtig zurückzog, um sich wieder sanft an den Horizont zu schmiegen. Und mit ihr zog sich die farbige Pracht zurück und begann in dem Dunkel der bald kommenden Nacht zu verschwinden.

Der Schmetterling stieg noch ein letztes Mal in die Höhe und flatterte dann, in einem schlängelnden Kurs, zwischen den Gräsern hin und her, die sich, durch das schwindende Licht, farblich kaum noch von den anderen Gewächsen unterschieden. Die Spitzmaus schnellte flink zur Abendruhe in ihr Loch, und vielleicht war es genau diese spontane Bewegung, die den Falter ablenkte. Vielleicht lag es aber auch am Dämmerlicht, welches die Sicht beim Flug reduzierte. Oder es war einfach nur eine winzige Unachtsamkeit. Jedenfalls stoppte der Flug ruckartig. Wie von einer unsichtbaren Hand gefangen, sah er sich plötzlich außerstande, weiter vorwärts zu fliegen. So aufgeregt und wild er auch mit den zierlichen Flügeln schlug, er rührte sich kein Stück – ganz im Gegenteil. Je kräftiger er die Flügel schwang, desto größer wurde der Widerstand, der ihn immer stärker fesselte. Trotzdem gab er nicht auf und versuchte der gesponnenen Falle zu entrinnen. Bald fingen seine Kräfte an, ihn zu verlassen. Immer schwächer wurde die Gegenwehr. Schließlich bot er ein letztes Mal die größtmögliche Anstrengung auf, um sich frei zu kämpfen, doch es half nichts.

Erst da bemerkte er, dass sich ihm etwas Unheilvolles näherte. Noch bevor er richtig erfassen konnte, in welcher Gefahr er schwebte, hatte die Spinne ihre Fänge schon in seinen Leib gebohrt und begann das tödliche Gift in den Körper zu pumpen, während ihre Beine das Opfer, mit unheimlicher Präzision, immer weiter einwickelten. Geschickt sponn sie die Fäden und wob ein unentrinnbares Korsett um die Beute. All dies spürte der junge Flugkünstler längst nicht mehr. Die schönen Flügel geknickt, all der Eleganz beraubt, hing er tot in dem Netz.

Am Fuß der Eiche lag der Hase und bekam von diesem Drama nichts mit. Der Brustkorb senkte sich nur noch sachte auf und ab. Ein aufkommender, leichter Wind ließ die grauen Haare sanft flattern. Sonst regte sich nichts, am Fuß der alten Eiche.

Als die Sonne sich hinter dem Horizont versteckte, öffneten sich sachte die Lider des Hasen, und er warf einen letzten, zutiefst friedlichen Blick auf den Ort, der so lange seine Heimat gewesen war. In springenden Bildern zog das Leben vor seinem geistigen Auge vorbei, beginnend mit den frühen, wohlbehüteten Tagen der Kindheit, über die zahlreichen, ungestümen Ausflüge der Jugend und den ruhigen Stunden des Alters, bis zu dem Augenblick, als am frühen Morgen ein dumpfes Geräusch die Stille kurz unterbrochen hatte. Sein Brustkorb senkte sich nun kaum noch spürbar auf und ab.

Auf und ab. Auf und ab. Auf. Ab. Und mit den letzten Strahlen der untergehenden Sonne starb auch er. Leben und Tod hatten ein weiteres Mal ein Geschöpf untereinander ausgetauscht. Ebenso wie am frühen Morgen, als die Eiche kurzzeitig erschüttert wurde, als das vierbeinige, hölzerne Objekt, welches nun nicht weit entfernt vom Hasen lag, durch eine plötzliche Bewegung umgeworfen wurde und zur Seite kippte.

Einen langen Schatten werfend, hing über dem toten Hasen, an geflochtenem Hanf, etwas, was ebenfalls nicht in die wunderschöne Einheit der Naturlandschaft gehörte. Etwas, das weder hier geboren wurde, noch sein Leben hier verbrachte und doch diesen Ort, mit all seiner Ruhe und einzigartigen Schönheit, gewählt hatte, um die Grenze zu überschreiten, die jedes Lebewesen eines Tages überqueren muss. Nicht einmal der uralte Baum würde je erfahren, ob es ein lang gehegter Plan oder eine spontane Eingebung war, die zu dieser finalen Tat führte. Doch das interessierte auch nicht.

Ob es die Unachtsamkeit, das Alter oder die Verzweiflung ist, im Tod ist alles gleich. Die letze vollkommende Ruhe einer unendlichen Gerechtigkeit, in der es weder Hass, noch Liebe, noch Wut, noch eine andere Emotion gibt.

Die Spitzmaus blickte ein letztes Mal aus ihrer Behausung, bevor sie sich zurückzog und die Nacht gänzlich ihren dunklen Mantel über die Wiese legte, bis sie in wenigen Stunden wieder, durch sanft erstarkende Strahlen, zurückgetrieben würde. Alles was beginnt endet, und jedes Ende ist irgendein Anfang. Ein ewiger, unbezwingbarer Kreislauf.

Tick Tack

Tick tack, macht die Uhr. Tick tack. Tick tack. Tick tack, macht die Uhr. Tick tack. Tick tack. Klick klack. Klick klack. Tick tack. Tick tack. Klick klack. Tick tack. Klick klack. Tick tack. Tick tack, macht die Uhr.

Tick… Ich schlage mit voller Wucht gegen den Wecker. Er fällt zu Boden und zerschellt in unzählige kleine Stücke.

»Das hast du nun davon!«, denke ich mir, drehe mich um und schlafe weiter.

Freundlichkeit macht mir Angst

Es ist früh am Morgen. Es regnet. Mir ist kalt. Die gelb leuchtende Digitalanzeige, auf der normalerweise die Abfahrtszeiten des Busses stehen, zeigt nur ein einziges Wort: »Verspätung«. Blinkend. Höhnisch blinkend. Danke, das geht ja gut los. Das Wartehäuschen ist auch schon überfüllt, und so genieße ich in vollen Zügen den schüttenden *November Rain*. Komisch, klang bei Axel immer viel romantischer. Dauert aber schon mindestens genauso lange wie der Song. Ist nur irgendwie monotoner. Naja, wen stört es. Dafür gibt es ja schließlich Regenschirme. Ich bevorzuge diese kleinen winzigen Teile, die man so schön unauffällig in der Tasche verstauen kann. So, wie ich es heute Morgen getan habe. Nur für den Fall, dass es regnet. Man will ja auf alle Eventualitäten vorbereitet sein.

»Planung ist alles«, hätte ich jetzt voller Stolz sagen können.

Hätte ich. Hätte ich mich nicht spontan für eine andere Jacke entschieden. Die schwarze Stoffjacke mit den großen Taschen. Die sieht viel besser aus. Ich schaue mir das grimmig guckende Etwas in der spiegelnde Glasfassade des Wartehäuschens an und stelle fest, dass sie durchnässt gar nicht mehr so toll aussieht.

Zumindest kommt in diesem Moment der Bus. Ich steige ein, direkt bei der muffigen Kabine am vorderen Teil, in der ein übel gelaunter, dickbäuchiger Mann genervt in den eckigen Rückspiegel guckt. Der restliche Teil ist voll. Und es macht auch niemand Anstalten den Bus zu verlassen. Meine Station scheint nicht besonders prominent zu sein. Wie alle anderen Wartenden versuche ich noch eine schmale Lücke zu erwischen, schließlich kann man nicht wissen, wann der nächste Bus kommt, und der Flieger wartet nicht. Zumindest nicht auf mich.

Wenn ich jetzt eine Berühmtheit wäre, ein Rockstar oder Schauspieler, oder wenigstens einer von diesen Stadion-füllenden Comedians, bei denen alle lachen, obwohl sie die nicht vorhandene Pointe nicht verstanden haben, nur, um sich nicht einer vermeintlichen Humorlosigkeit preiszugeben, gegenüber ihren Platznachbarn, die sie gar nicht kennen und die auch lachen, obwohl gerade nichts lustig war, vermutlich aus den gleichen Gründen, ja dann, dann wäre das anders. Dann bräuchte ich mir keine Sorgen zu machen, dass das Flugzeug ohne mich abhebt. Dann hätte ich vermutlich eh einen Privatjet. Und wahrscheinlich würde ich dann auch nicht mitten in der Nacht an einer verregneten Haltestelle stehen, sondern würde mit einer dreifach gestreckten Limousine, cocktailschlürfend zum Airport düsen. Naja, und wenn nicht, hätte ich zumindest eine Assistentin, die den Regenschirm für mich hält, oder, wenn ich denn dann doch nicht so berühmt bin, mich wenigstens daran erinnert, ihn einzupacken.

Aua! Ein heftiger Schmerz reißt mich aus meinen Träumereien, als ich einen Ellenbogen in den Rücken bekomme. Zumindest hoffe ich, dass es ein Ellenbogen ist. Andere Dinge machen mich nervös. Ich drehe mich zornig um. Es war natürlich kein Ellenbogen, sondern ein noch leicht triefender Regenschirm, mit dem ein älterer Herr sich Platz zu schaffen versucht. Er ist trocken – also der ältere Herr – sieht aber mindestens genauso genervt aus wie ich. Ich verdränge den Wunsch, ihm den Schirm aus der Hand zu nehmen und reihe mich artig zwischen den anderen Passagieren ein. Der Bus fährt ruckartig an. Irgendwie habe ich das Gefühl im Rückspiegel ein diabolisches Grinsen auf dem Gesicht des Fahrers zu erkennen. Aber das macht nichts. Bei der momentanen Personendichte ist umfallen unmöglich.

Die Fahrt gestaltet sich genauso ruppig wie der Start und irgendwann bin ich mir nicht mehr sicher, ob meine Übelkeit von der Fahrweise des noch ausnüchternden Steuermannes, dem Wegbleiben der Luft durch den stetigen Druck auf meine Lungen oder den sich immer stärker ausbreitenden Transpiranzen der anderen Insassen kommt. Auf jeden Fall bin ich mehr als erleichtert, als sich letztendlich die Tür öffnet und ich ziemlich benommen an die frische Herbstluft stolpere.

Langsam wieder zu mir kommend, schaue ich am Flughafen auf die Anzeigetafel und vergleiche die Daten mit meiner Boardingcard. Terminal C. War ja klar. Das bedeutet laufen. Durch den Regen. Ohne Schirm. Ich blicke mich noch einmal kurz nach dem älteren Herrn um, in der Hoffnung mir durch leichte Gewalteinwirkung doch noch einen Nässeschutz organisieren zu können, verwerfe die Idee dann aber und marschiere schnurstracks Richtung Abflughalle.

Spätestens jetzt macht sich die Verzögerung des Busses bemerkbar. »Boarding started« kann ich noch aus den Augenwinkeln erkennen, als ich durch die Gänge hetze. 15 Minuten bis zum Start.

›Na hoffentlich ist es beim Security Check nicht zu voll.‹

Ich hätte das vielleicht nicht denken sollen, überlege ich mir kurz darauf – positive Gedanken erzeugen immer negative Ereignisse.

›Na hoffentlich hat keiner *diesen* Gedanken vernommen‹, schießt es mir noch durch den Kopf, kurz bevor mir die Realität mit sarkastischer Gelassenheit die Sinnlosigkeit dieses Wunsches vor Augen führt. Wie ein gewaltiger Lindwurm aus gestressten Menschen, windet sich eine lange Schlange durch die große Halle. Ich versuche das Schwanzende ausfindig zu machen und klemme mich dahinter. Zehn nervige Minuten, in denen ich mir in aller Ausführlichkeit die neuesten Diät-Misserfolge zweier pummliger, älterer Damen hinter mir anhören darf, nähere ich mich dem Kopf der Schlange. Plötzlich plärrt die größere der Pummelfeen, der kleinen Dicken einen weiteren fehlgeschlagenen Abnehmversuch in die Ohren, während sie sich einen frischen Schokoriegel hinter die Kiemen schiebt. Minutenlanges monotones Gerede scheint hungrig zu machen.

»Und die reine Gemüsebrühen-Diät aus dem Internet, die hat auch nicht...«

Ich drehe mich um. Manchmal macht mein Körper Dinge, die ich nicht kontrollieren kann. Meist sind das Dinge, auf die ich im Nachhinein nicht ganz so stolz bin.

Ich lächle und weise die große Dicke freundlich darauf hin, dass es gar nicht nötig wäre immer wieder zu erwähnen, dass ihre Diäten nicht von Erfolg gekrönt seien – das sähe man auch so.

Ooops. Ich fühle mich schlecht – ein bisschen. Doch als ich bemerke, dass ich mit dieser Meinung offensichtlich nicht alleine bin – die kleinere von beiden versucht erfolglos ein Grinsen zu vermeiden – geht es schon wieder ein wenig besser. Die Große guckt nur, den Schokoriegel halb aus dem Mund hängend. Ich glaube, sie ist böse. Aber das interessiert mich gerade nicht, denn von der Seite werde ich mit einem unfreundlichen »Wird das heute noch was?« angeranzt.

Na super. Normalerweise bin ich es, der sich über die Trantuten aufregt, die erst am Security Schalter anfangen ihre Jacke auszuziehen, den Laptop aus dem Rucksack zu befördern und den Gürtel abzuschnallen.

»Hopp, Hopp!«, feuert mich ein garstiger Sicherheitswichtigtuer an, während ich den Gürtel aus der Lasche ziehe.

»Beim nächsten Mal geht das aber ein wenig schneller.«

Er zwinkert der großen Dicken zu. Sie grinst breit. Ich schaue ihn an und vermute, dass beide dieselben Diäten probiert haben müssen. Die spontane Änderung auf dem Gesicht des Mannes verrät mir, dass ich das nicht nur gedacht habe. Soviel zur Kontrolle über meinen eigenen Körper. Er lässt sich aber nichts weiter anmerken und mustert nur den ausgedruckten Zettel in meiner Hand.

»Da sind sie aber spät dran. Na hoffentlich dauert die Sicherheitsüberprüfung nicht zu lange.«

Ich glaube ein kurzes, bösartiges Flackern in seinen Augen erkennen zu können, verkneife mir aber jeden weiteren Kommentar, um mich nicht noch tiefer reinzureiten und schiebe Laptop und Sachen in einer grauen Plastikbox Richtung Scanner. Als mein Gepäck in einem unheimlichen Kasten verschwindet, werde ich aufgefordert durch den Körperscanner zu gehen. Es piept. Ich beschließe, mich ab jetzt, am heutigen Tag, über gar nichts mehr zu wundern.

Der dicke Sicherheitszwinkerer winkt mich ran und beginnt in aller Seelenruhe mit seinem Handscanner meine Arme zu überprüfen. Die Geschwindigkeit, die er dabei an den Tag legt, erinnert zunehmend an eine Pantomime, welche versucht, die Geschichte der Welt vom Beginn des Urknalls bis zum gegenwärtigen Zeitpunkt darzustellen – und zwar in Echtzeit.

Ich schließe die Augen und lasse die Prozedur über mich ergehen. Während ich so da stehe, vernehme ich plötzlich über die kratzenden Lautsprecher meinen Namen.

»…wird gebeten sich unverzüglich zum Gate 23 zu begeben«

Ich zucke zusammen und reiße meine Augen auf. Vor mir steht immer noch mein Peiniger und hält mir meinen Laptop vor die Nase.

»Ist das Ihrer?«

Ich nicke nur resignierend in der dunklen Vorahnung, was als Nächstes kommt.

»Den müssen wir noch einmal genauer untersuchen. Bitte warten Sie«, spricht er und verschwindet durch eine Tür mit der Aufschrift »Nur für Sicherheitspersonal«.

Ich warte. Und warte. Und warte. Geschlagene fünf Minuten später kommt der Sicherheitsknilch wieder.

»Alles in Ordnung«, grinst er mich süffisant an.

»Natürlich«, entgegne ich genervt, »ich habe die Waffen ja auch im Rucksack.«

Er stutzt und ich frage mich mal wieder, warum ich manchmal solche Dinge sage. Aber er scheint das Interesse an mir verloren zu haben und reicht mir nur wortlos meinen Laptop rüber. Ich verstaue das Gerät, schultere den Rucksack und will gerade zu einem finalen Sprint zu meinem Gate ansetzen.

»Und jetzt noch eine kurze Sprengstoffuntersuchung«, grinst er mich selbstgefällig an. »Machen wir stichprobenartig so«.

Ich grinse zurück und unterdrücke den Impuls ihn darauf hinweisen zu wollen, dass er sich die Sprengstoffuntersuchung sparen kann, da *ich* kurz vor einer realen Explosion stehe.

Ich prüfe das Gesicht meines Gegenübers. Diesmal scheine ich es wirklich nur gedacht zu haben. Er streift einen seltsamen Papierfetzen über meine Hände und steckt ihn danach in einen merkwürdigen Kasten. Piep. Piep.

»Alles in Ordnung. Sie können jetzt…«

Das Ende des Satzes bekomme ich schon gar nicht mehr mit. Wie Roadrunner auf Speed schieße ich durch die Abflughalle.

»Letzter dringender Aufruf für Passagier…«

Ja, ja schon klar. Verschwitzt und außer Puste komme ich am Gate an und sprinte am Schalter vorbei zur Gangway ins Flugzeug.

Wäre ich eine große Berühmtheit, ein Rockstar oder Schauspieler, dann würden die Leute jetzt vermutlich jubeln. Aber so, schauen sie mich einfach nur finster an.

Mit gesenktem Kopf eile ich zu meinem Platz. 11 C – wenigstens am Gang. Ich verstaue meine Jacke und den Rucksack unter dem Platz des Vordermannes und lasse mich in den Sitz sinken.

»Das hat aber ganz schön gedauert«, schallt es von meiner Linken.

Ich brauche meinen Kopf gar nicht weit zu drehen, um schon am Schokofleck in meiner Augenhöhe die Geräuschquelle wiederzuerkennen. Ich prüfe abermals meine Umgebung auf ungewollte Reaktionen meines Körpers und stelle erleichtert fest, dass meine Hände sich nicht um den Hals meiner Sitznachbarin gelegt haben. Plötzlich fällt ein dunkler Schatten auf mich.

»Sie sitzen am Notausgang. Das Gepäck muss leider im Gepäckfach verstaut werden.«

Ich sehe den Steward an und erinnere mich, dass ich einmal in einem Buch über Emotionen gelesen habe, wie man ein echtes von einem falschen Lächeln unterscheiden kann. Ich versuche mich an die wesentlichen Merkmale zu erinnern und prüfe mein Gegenüber, stelle dann aber sehr schnell fest, dass der Versuch unnötig ist – es ist überhaupt kein Lächeln vorhanden. Ich schlage mir mit meiner geistigen Hand vor die geistige Stirn und reiche dem Steward, mich in mein Schicksal ergebend, meinen Rucksack. Den Kopf schüttelnd wundere ich mich, warum manche Tage sich so stark von anderen unterscheiden.

Wir heben ab. Bei meinem Glück erwarte ich kurzzeitig, dass ein bärtiger Amokläufer aufspringt und marodierend durch das Flugzeug metzelt. Kurz umgeschaut, stelle ich fest, dass ich der Einzige bin, auf den die Beschreibung zutrifft – und ich schaffe es aber noch mich unter Kontrolle zu halten.

Erstaunlicherweise gestaltet sich der Verlauf des Fluges recht angenehm. Die Ohren unter meinen Kopfhörern vergraben, bekomme ich nichts von meiner Umgebung mit. Nur ab und zu sehe ich aus den Augenwinkeln, wie ein weiterer Schokoriegel seiner endgültigen Vernichtung zugeführt wird.

Als der Flieger landet, empfängt uns eine schöne, spätnachmittagliche Herbstsonne. Ich werde, zusammen mit der restlichen Menschenmasse, aus dem Flugzeug geschoben und finde mich auf einmal in einer riesigen Halle wieder. Ein großes Schild deutet in Richtung S-Bahn. Ich schlendere die Treppen in die Tiefe und lande in einem Raum, von dem eine schier unendliche Anzahl Gänge wegführt. Ratlos stelle ich mich vor eines dieser gewaltigen Plakate, auf denen viele dünne Striche mit bunten Knoten verbunden sind, an die irgendjemand lustige Namen geschrieben hat. Ich suche den Knoten mit dem Namen »Flughafen« und kann ihn, dank meiner beinahe übersinnlichen Fähigkeiten, nach einigen Sekunden auch entdecken. Naja, eigentlich war es eher Glück. Aber ich finde die Idee mit den übersinnlichen Fähigkeiten viel schöner. Dass dies aber nur ein Wunschgedanke ist, merke ich spätestens, als ich geschlagene zehn Minuten später, noch immer nicht mein Ziel, in dem Durcheinander von Knoten und Strichen, gefunden habe. Plötzlich werde ich von der Seite angesprochen.

»Kann ich ihnen vielleicht helfen?«, fragt eine Stimme hinter mir.

Ich schrecke zurück.

›Nein, ich möchte keine Drogen kaufen‹, schießt es mir reflexartig durch den Kopf.

Ich prüfe abermals an den Reaktionen meines Gegenübers, ob es eine weitere Gedanken-Sprach-Fehlfunktion meinerseits gegeben hat, kann aber keine Auffälligkeiten feststellen. Der ältere Herr zu meiner Rechten sieht auch nicht so aus, als gehöre er zu der typischen »Pssst, willste was kaufen«-Gruppe. Er sieht mich fragend an.

»Ähm, also, ähm…«, versuche ich stammelnd einen Satz anzufangen, während ich mich nervös umsehe, ob sich nicht noch weitere ältere Herren nähern, die mir ans Leder wollen. Man kann sich bei den heutigen Rentenzahlungen ja nicht mehr sicher sein. Ich entdecke niemanden.

»Also, ich möchte gerne zu diesem Bahnhof.«

Vorsichtig strecke ich ihm das leicht zerknitterte Stück Papier hin, auf dem ich mir die Adresse des Hotels und des nächsten Bahnhofs in der Nähe notiert habe. Er lächelt und deutet auf einen der vielen Gänge hinter mir.

»Dort geht es lang. Einfach die S2 bis Hauptbahnhof und dann noch einmal mit der S5 drei Stationen.«

Ungläubig sehe ich ihn an. War das gerade ernst gemeint? Die mir angeborenen Instinkte meiner Heimat versuchen krampfhaft die Falle ausfindig zu machen, die mir gerade offensichtlich gestellt wurde. Aber nichts passiert. Weder probiert eine Bande ausgehungerter Rentner meiner habhaft zu werden, noch spüre ich eine große Erschütterung der Macht. Nichts.

Ich weiß mir nicht anders zu helfen, als mich zu bedanken. Der Mann lächelt, dreht sich um und geht seiner Wege. Noch immer verwirrt, begebe ich mich zu dem mir empfohlenen Ausgang. Tatsächlich, gerade als ich das Gleis erreiche, rollt die S2 in den Bahnhof ein. In großen Lettern wird an der Anzeigetafel die Fahrt über den Hauptbahnhof angepriesen. Noch immer von einer leichten Ungläubigkeit umgeben, steige ich in die Bahn, um kurz darauf am Hauptbahnhof wieder aus selbiger zu stolpern.

Wie ich es gewohnt bin, suche ich die Umgebung nach Hinweisschildern über den Weg zur S5 ab. Ein weiteres Mal werde ich durcheinander gebracht, als die Anzeigetafel des Gleises, auf dem ich gerade eingefahren bin, behauptet, dass in wenigen Minuten genau diese Linie vom selben Gleis fahren würde. Das geht doch gar nicht! Normalerweise machen sich doch die Planungsarchitekten einen Spaß daraus, die Bahnhöfe so zu bauen, dass man stundenlang umher irren muss, bis man das richtige Gleis zur Weiterfahrt gefunden hat. Aber scheinbar geht es doch. In diesem Augenblick fährt die S5 mit strahlenden Lichtern ein.

Als die Türen sich öffnen, betrete ich nachdenklich den Wagon. Noch halb benommen, zähle ich die Stationen. Eins, zwei, drei, vier. Ich steige aus. Die Türen schließen sich hinter mir und der Zug braust davon. Plötzlich stehe ich mitten in der Dunkelheit am Freiberger Bahnhof, mit der Feststellung: Verdammt, zu weit gefahren!

Ich zücke mein Mobiltelefon und versuche mit Hilfe der Navigation den Weg zum Hotel zu Fuß herauszufinden. Kurz darauf werden mir der Pfad und die Richtung angezeigt. Eine halbe Stunde, prognostiziert die Anwendung. Das sollte zu schaffen sein. Zielstrebig folge ich den Anweisungen meines Telefons und überquere einige Straßen in Richtung meines Ziels.

Wenn ich etwas kann, dann ist das schnell laufen. Besonders, wenn die alten Laternen hinter mir es kaum schaffen, die Dunkelheit zu verdrängen.

Gedanklich sehe ich mich schon die Hotelzimmertür aufschließen, als ein unangenehmer Piep-Ton mich aus meiner Illusion reißt.

»*Noch zehn Prozent verbleibend. Bitte schließen Sie das Gerät an einen Stromanschluss an.*«

Och nee, schießt es durch meine Gedanken, als ein weiteres Signal ertönt.

»*Noch sieben Prozent verbleibend. Bitte schließen Sie das Gerät an einen Stromanschluss an.*«

Ich bleibe stehen und sehe mich um. Ich sehe eine Brücke, eine Fabrikhalle, eine kaputte Laterne, einen abgebrannten Mülleimer und Dunkelheit – von Letzterem sehr viel – aber leider keinen Stromanschluss.

»Noch fünf Prozent verbleibend. Bitte schließen Sie das Gerät an einen Stromanschluss an«, quakt mein nerviger Begleiter.

Verzweifelt werfe ich einen letzten Blick auf die Karte und versuche mir den Weg einzuprägen. Früher ging das ja auch so. Meine Augen folgen der blauen Linie und ich probiere mir die kreuzenden Straßennamen zu merken.

»Noch…«

Piep. Das Display wird dunkel, und bleibt es auch. Ich probiere den Weg vor meinem geistigen Auge abzuspielen. Wie war das doch gleich? Erst bis zur nächsten Ecke, dann rechts. Dann gerade aus bis zum großen Platz und dann schräg links. Oder doch halb rechts? Links? Rechts?

Zwecklos. Dank faktisch nicht vorhandenem Orientierungssinn, stampfe ich den Plan wieder ein, von hier zum Hotel zu kommen. Bleibt nur noch der Rückweg. Ich stiefel zurück zum Bahnhof und stelle mich an die einsame Straße. Außer mir sitzt nur noch ein junges Mädchen an der Bushaltestelle, die sich genau an der Einfahrt zum Bahnhof befindet. Ich warte – wieder einmal.

Zermürbende zehn Minuten später gebe ich die Hoffnung auf, dass sich durch Zufall ein Taxi in diese Einöde verirren wird. Ich denke wehmütig an meine Heimatstadt. Da hätten sich vermutlich gerade mindestens drei Fahrer laut fluchend um mich geschlagen. Doch Jammern hilft nichts. Die Aussicht, hier auf dem Bahnhof übernachten zu müssen, lässt meinen Blick umherschweifen. Und plötzlich erblicken meine müden Augen einen Hoffnungsschimmer – rosa leuchtend. Wunderschön. Eine Telefonzelle (für die jüngeren Leser: Das waren die früheren Mobiltelefone…nur *mobil* hieß, dass man selber dorthin gehen musste). Magisch zieht es mich zu dem magenta-farbenen Relikt meiner Jugend. Glück muss der Mensch…

Natürlich, kein Telefonbuch! Nur die Telefonnummer vom Notruf. Danke, die kenne ich auch so. Ich wäre jetzt gerne Hannibal vom A-Team. Der hatte immer einen Plan. Ich habe jetzt keinen mehr.

Da kommt plötzlich das junge Mädchen auf mich zu und fragt: »Musste telefonieren?«

Ich bin noch halb in meinen Gedanken und etwas verdutzt.

»Ja, ich bräuchte die Nummer von einem Taxi, damit ich zu meinem Hotel komme.«

Sie tippelt ein wenig auf ihrem Handy herum und zeigt mir eine Nummer.

»Hier, die ist von einem Freiberger Taxi Unternehmen.«

Irgendein seltsames Gefühl regt sich in mir. Ist das Hoffnung? Während ich in meinen Taschen nach Münzen suche und eigentlich bereits erwarte, dass der alte Münzfernsprecher meine schwer verdienten Taler frisst und daraufhin, in einer kosmischen Explosion, den Dienst einstellt, hält sie mir ihr Telefon hin.

»Wählt schon.«

Ich bin noch einmal verdutzt. Ist das jetzt wirklich ernst gemeint? Dankbar nehme ich das Telefon und am anderen Ende meldet sich bereits eine freundliche Stimme. Ich beschreibe den Ort, an dem ich stehe und man versichert mir, dass das Taxi in wenigen Minuten da sein wird. Ich lege auf und gebe ihr, mich bedankend, das Telefon zurück.

In diesem Moment kommt der Bus. Sie steigt ein, ich bedanke mich abermals und winke kurz hinterher. Ich bin verwirrt. Mit so viel Freundlichkeit hatte ich am heutigen Tag nicht mehr gerechnet.

Als das Taxi kommt, bin ich immer noch verwundert. Ein netter, älterer Herr sitzt am Steuer. Ich steige ein.

»Einmal zur Beihinger Straße bitte.«

Und ab geht die Fahrt. Ich fühle mich sicher, das warme Bett wieder in greifbarer Nähe. Eine ruhige, fünfminütige Fahrt später sind wir dann da – dunkle Gasse, kein Hotel. Nur ich und der Taxi Fahrer. Na super – entführt im tiefsten Süddeutschland. Bin ich in eine Mutanten-Falle getappt? Das dürfte dann wohl die

Krönung dieses Tages sein. Während ich innerlich mit meinem Dasein abschließe, gucken wir noch einmal auf den Zettel mit der Adresse.

»Joa, desch isch ja in Ludwigsburg«, klärt mich der Fahrer auf.

Aha! Na großartig. Selbe Straße, anderes Dorf. Aber wenigstens werde ich kein Mutantenabendbrot, denke ich mir, als das Taxi sich wieder in Bewegung setzt.

Plötzlich schaltet der Fahrer das Taxameter aus. Verdammt, also doch Mutanten...

»Damit du nicht so viel zahlen musst.«

Was?!

»Ich schalte es später wieder ein.«

Ich blicke ihn misstrauisch an. Vermutlich ist das einer dieser Tricks, mit denen Ortsfremden das Geld aus der Tasche gezogen wird. Ich überlege kurz, wie ich bei der Reisekostenabrechnung für sieben Minuten Fahrt einen dreistelligen Betrag erklären soll, komme dann aber zu dem Schluss, dass mir das gerade vollkommen egal ist. Ich will nur noch zum Hotel.

Als wir wenige Minuten später eine dunkle Landstraße entlang fahren, schaltet er das Taxameter wieder ein. Null Euro steht auf dem Display. Er lächelt. Und es ist nicht das verzerrte, übertriebene Lächeln eines Mutanten, der sich auf sein Abendessen freut, sondern ähnelt dem Lächeln des Mädchens an der Bushaltestelle – es sieht ehrlich aus.

Als wir das Hotel erreichen, regnet es leicht. Ich steige aus, bedanke mich noch einmal und wünsche ihm einen schönen Abend. Der Fahrpreis war viel geringer, als ich erwartet hatte. Ich fühle mich seltsam.

Es ist mittlerweile schon weit nach neun Uhr und die Dame hinter dem Schalter sieht aus, als wenn sie schon seit den frühen Morgenstunden dort sitzt. Doch sie lächelt mich ebenfalls freundlich an, während ich einchecke. Als ich die Tür des Zimmers öffne, empfängt mich die warme, behagliche Atmosphäre eines familiären Hotels. Ich werfe mich kurz auf das Bett und genieße den sanften Gegendruck der flauschigen Kissen. Ich bin erschöpft, müde. Mein Magen knurrt. Ich rappel mich auf und gehe in das Restaurant im Erdgeschoss.

Nach einem solchen Tag ist gesunde Ernährung nichts, was mich wieder auf die Beine bringt, und ich beschließe zu einem Hefeweizen etwas Ordentliches zu bestellen. Die in Leder eingeschlagene Karte macht mir einen *fast* attraktiven Vorschlag – Schnitzel mit Pommes... und Salat. Ihhh, Salat!

Als die Bedienung kommt und die Bestellung aufnimmt, frage ich vorsichtig, ob ich anstelle des Salates ein paar Pilze haben könne. Aufgrund der Erfahrungen in meiner Heimatstadt, stelle ich mich schon auf eine saftige Erhöhung der Gesamtrechnung ein - oder natürlich eine ruppige Ablehnung.

»Sie können auch gerne Pilze *und* Salat haben«.

Da war es schon wieder. Dieses ehrliche Lächeln. Freundlich lächele ich zurück und meine, dass mir die Pilze ausreichen würden und ich keinen Salat bräuchte.

›Ich bin ja schließlich hungrig und nicht verzweifelt‹, huscht ein kurzer Gedanke durch meinen Kopf.

Wenige Minuten später kommt zu einem riesigen Teller mit einem goldbraun panierten Schnitzel auch eine große Schüssel Champignons in Soße... ohne Aufpreis, wie ich beim Zahlen der Rechnung feststelle.

Kurze darauf steige ich die Treppen zu meinem Zimmer hinauf. Die Bedienung wünscht noch eine angenehme Nachtruhe – und lächelt. Ich lasse mich abermals in das weiche Bett fallen und fühle mich komisch. Seltsam. Aber doch irgendwie beschwingt. Auch ein wenig verwirrt. So friedlich. Das macht mir Angst. Ich glaube, zu viel Freundlichkeit bekommt mir nicht.

An der Klippe

Der Wind blies unnachgiebig und kalt. Es war noch früh am Morgen, als sie den sandigen Weg zur felsigen Klippe entlang ging. Es waren schwache und entmutigte Schritte, die sie Stück für Stück vorwärtsbrachten. In ihr tobte ein Sturm aus wilden Gedanken, während sich ihr Körper in agonischer Lethargie kraftlos nach vorne schob. Von der Kälte und den Böen bekam sie nichts mit, so sehr war sie in ihrer Gedankenwelt gefangen. Die Füße hoben bei jedem Schritt nur minimal vom Boden ab und kreierten langgezogene, schlurfende Fußspuren im gelbweißen Sand. Ringsumher rauschten die Wipfel der hohen Bäume, der Wind pfiff bedrohliche Melodien und hörbar toste das Meer wie wütendes Gebrüll einer finsteren Macht. Es fühlte sich an, als wenn das gedankliche Chaos in ihrem Kopf sich in unmittelbarer Umgebung manifestiert, und mit ihr auf diesen schweren Weg begeben hatte. Abgekapselt in ihrem eigenen Kosmos, vernahm sie nichts von alledem. Es hätte in jenem Moment regnen, hageln oder sogar schneien können, nichts davon wäre zu ihr durchgedrungen. Die Augen glasig und leblos, auf den unebenen Weg starrend, stampfte sie voran.

Sie wusste genau, wohin sie wollte, hatte sich den Ort sorgfältig ausgesucht. Gedanklich war sie diesen Anstieg, diesen letzten Gang, schon hundertfach gelaufen. Es waren nur noch wenige Meter. Und doch kam es ihr wie eine Ewigkeit vor. Sie vermochte nicht einmal zu sagen, ob es die Kraftlosigkeit ihrer emotionalen Müdigkeit war, oder ein letzter Funken Lebenskraft, der versuchte sie von ihrem Vorhaben abzubringen und absichtlich ihre Bewegungen verlangsamte. Sie fühlte sich, als wenn etwas ihre Beine mit Blei beschwert hätte, als versuche eine Kraft sie mit beharrlicher Kontinuität in den Boden zu ziehen. Doch sie kämpfte. Kämpfte sich schrittweise voran. Kämpfte einen sich dem Leben entziehenden Kampf, der nicht in dem optimistischen Siegeszug eines existenzbejahenden Erfolges enden würde. Solche Kämpfe hatte sie oft genug geführt. Immer wieder mit Optimismus von Neuem begonnen, sich mit erneut aufkeimender Energie ihren Dämonen entgegengestellt und jedes einzelne, schmerzhafte Mal verloren.

Diesmal war es einfacher. Niemand konnte sie heute von ihrem Sieg abhalten. Denn jetzt hatte sie ein gänzlich anderes Ziel vor Augen. Sie atmete noch einmal tief durch, tat einen letzten Schritt und hatte ihren Bestimmungsort erreicht. Sie stand mit den Füßen direkt am Rand der großen Klippe. Das rauschende, dunkle Meer lag mit seiner unendlichen Kraft ausgebreitet vor ihr. Sie blickte in die Ferne und sah nichts als die Weiten des Ozeans. So stand sie da, während die Natur, als würde sie die Dramatik der Situation zu unterstreichen versuchen, noch kräftigere Winde aufkommen ließ. Gepaart mit leichtem Niesel, peitschten sie über die Anhöhe und drückten, wie eine helfende Hand, gegen ihren Rücken. Schoben sie energisch Richtung Abgrund.

Sie schloss die Augen, lauschte dem Getöse und konzentrierte sich auf die Kraft des Windes, der ihrem Vorhaben beständigen Nachdruck verlieh. Sie war innerlich völlig ruhig. Das Chaos hatte sich gänzlich nach außen gekehrt und mit dem beginnenden Sturm vermengt. In langen, entspannten Zügen atmete sie die salzige Luft ein, hielt einen Moment inne, um den Geruch zu genießen, den sie als Kind so geliebt hatte, und ließ den warmen Strom dann behutsam aus ihren Lungen gleiten. Diesen Vorgang wiederholte sie mehrere Male. Jedes Mal nahm sie sich vor, dass es der letzte Atemzug sein sollte. Jedes Mal begann sie wieder von Neuem.

›Nur ein letztes Mal noch‹, sagte sie sich dann, sobald sich die Lungen geleert hatten.

Doch nach einer Weile wollte sie sich nicht mehr selbst betrügen. Diesmal würde sie gewinnen. Denn diesmal lagen alle Entscheidungen bei ihr. Sie hielt die frisch eingeatmete Luft in ihrem Brustkorb und hob, mit noch immer geschlossenen Augen, den rechten Fuß und schob ihn fest entschlossen in Richtung des Meeres. Leicht beugte sie den Oberkörper, um das Gewicht nach vorne zu verlagern und spannte die Muskeln in ihrem linken Bein an. Jetzt sollte es soweit sein.

Gerade da drehte der Wind, heulte auf und presste sich ihr direkt entgegen. Die riesige, unsichtbare Hand stand nun nicht mehr in ihrem Rücken, sondern wie eine solide Mauer vor ihr. Dieser Wandel kam so überraschend und unerwartet, dass sie den Fuß wieder zurücksetzte.

Was war da eben passiert? Wollte ihr das Leben den Wink geben, dass sie doch nicht springen sollte? Ein hoffnungsvolles Eingreifen der Natur? Oder wollte das Schicksal, in seiner sardonischen Grausamkeit, ihr abermals klar machen, dass sie keine Chance hatte eine freie Wahl zu treffen? Dass eine unkontrollierbare Macht über sie herrschte, die jegliche Illusion eines freien Willens ausschließlich partiell erzeugte, nur um diese dann wieder dadurch zu zerstören, dass ihr sämtliche Handlungsmöglichkeiten aus den Händen gerissen wurden? Gleich einer sorgfältig geplanten Bestimmung, die es verhindern würde, dass sie jemals eine eigene Entscheidung, aus einem eigenen Willen heraus, treffen würde. Nur, um ihr die Unfähigkeit und Unwichtigkeit ihrer eigenen Existenz immer wieder auf ein Neues plastisch zu verdeutlichen?

Dieser Gedanke machte sie wütend. Und während der Zorn unaufhaltsam in ihr aufstieg, peitschte der Regen weiter. Ihre geballten Fäuste zitterten im gleichen hochfrequenten Rhythmus wie die anschwellende Wut, und mit einem Mal schrie sie ihren gesamten Frust heraus. Es war ein lauter, unkontrollierter Schrei, voll Verzweiflung und Elend. So als wolle sie das Schicksal in seine Schranken verweisen und ihm klar machen, dass es nun gefälligst an der Zeit sei, sich einmal jemand anderen auszusuchen, um sein perfides Spiel mit ihr oder ihm zu spielen.

Die verzehrende Wut nahm ihr augenblicklich so viel Kraft, dass ihre Beine nachgaben und sie langsam auf die Knie sackte. Ihre Hände krallten sich am Felsrand fest, als sie mit geschlossenen Augen in sich hinein schluchzte. Niedergeschlagen kniete sie eine Zeit lang so da, die Gedanken einfach frei umher wandern lassend. Als sie die Augen wieder öffnete und langsam ihren Kopf hob, lag das Meer ruhig und friedlich vor ihr. Der Regen hatte sich gelegt und allmählich verschwanden auch die grauen Wolken. Sie stand auf, spürte die erstarkende Sonne in ihrem Rücken und fühlte sich innerlich leer. Durch ihren Kopf zog ein wütendes Chaos voll ungreifbarer Gedanken, strömender Emotionen und wilder Empfindungen, wie die Wellen des Meeres, kräftig, gewaltig, so als könne man sie berühren, und doch in dem Moment, in dem man denkt ihre Form wahrnehmen zu können, zerfallen sie wieder zu winzig kleinen, unerkennbaren Teilchen. Die Zeit flog dahin – ziellos, ungerichtet, sich ganz und gar auflösend.

Da bemerkte sie plötzlich, wie sich etwas direkt neben ihr bewegte. Eigentlich war es ihr egal, doch dieses Etwas kam näher und fing an vor ihr hin und her zu laufen. Es war ein Hund – klein, struppig, alt. Mit dem rechten Vorderlauf hinkend, lief er gefährlich nah vor ihr an der Steilkante entlang, schnüffelte kurz und zog dann weiter. Er schien sie nicht einmal wahrgenommen zu haben – ein nur allzu bekanntes Gefühl. Sie fragte sich, ob es schlicht daran lag, dass sie sich schon viel zu weit vom Leben entfernt hatte. Ihre Seele war bereits auf dem Weg in eine andere Welt. Vielleicht hatte ihr Körper ebenfalls beschlossen jegliche Zeichen von Lebendigkeit einzustellen. Sie horchte in sich hinein. Ihre Atmung war so flach, dass sie sie fast nicht mehr spürte.

Irgendwann nahm sie abermals eine Bewegung war. Diesmal weit unter ihr. Dort, wo die scharfkantigen Felsen emporragten, zog sich ein schmaler Weg am Ufer entlang. Spaziergänger liefen hier gerne von der Anhöhe zum Wasser. Nicht selten pausierten sie an dem kleinen Strand, an dem sich das Land ein wenig Fläche vom Meer zurückerobert hatte, um dann auf der anderen Seite wieder nach oben zu steigen. Auf diesem Weg trottete der Hund. Er war nicht allein. Eine alte Frau lief ebenso langsam hinter ihm. Der Weg lag etliche Meter unter ihr, doch an dem Gehstock, auf den sie sich stützte, erkannte sie eine ältere Dame, die in ihrer Nachbarschaft wohnte. Ihr Mann war vor vielen Jahren gestorben, ein freundlicher älterer Herr, der oft mit seiner Frau im Park gesessen und die Tauben gefüttert hatte. Nach seinem Tod hatte sie sich verändert. Sie trug nur noch schwarz. Man sah sie nicht mehr lächeln. Davor konnte man sie oft in Gesprächen mit anderen Leuten beobachten. Seit sie verwitwet war, hatte sie mit niemandem mehr gesprochen, außer mit dem alten Hund, den sie aus einem Tierheim zu sich geholt hatte. Sie hatte ihm den Namen ihres verstorbenen Mannes gegeben.

Diese Geschichte rührte die meisten zu Tränen. Doch hier oben an der Klippe, kümmerte sie das nicht mehr. Hatte ihr eigenes Leid sie erkalten lassen? War sie einfach nur ein schlechter Mensch? Sie legte die Hand auf ihren Bauch, spürte das leichte Heben und Senken. Es musste doch noch ein Funke Empathie übrig geblieben sein. Sie kannte diesen Schmerz schließlich selbst nur viel zu gut. Doch da war nichts. Als sie auf das greise Gespann unter sich blickte, beschäftigte sie nur ein einziger Gedanke: *Wer von ihnen würde zuerst sterben?*

Es war klar, dass für beide die Zeit so gut wie abgelaufen war. Würde der Hund zuerst gehen? Einfach so, früh morgens regungslos in seinem kleinen Körbchen liegen? Oder würde es die alte Dame sein? Wenn man eines Tages, alamiert vom nicht endenden Gebell, die Tür zu ihrer Wohnung öffnen würde und sie leblos vor fände, was wäre dann mit ihrem Begleiter? Würde man ihn einschläfern oder würde er allein vor Trauer vergehen?

Je mehr sie darüber nachdachte, desto mehr widerten diese Fragen sie an. Warum sollte man auf den Tod warten, wenn sämtliche Freude aus dem Leben gewichen ist? Was spielte es für eine Rolle, wer von beiden zuerst starb, wenn das Leben bis dahin nur aus selbstpeinigender Qual bestand? Sie selbst wollte nicht so hilflos sein.

Hier und jetzt, in diesem Augenblick, hatte sie die Macht über ihr Leben und ihr Ende zu entscheiden. Hatte die Macht, all die Sinnlosigkeit ihres kaputten Daseins wegzuwerfen. Sie musste nicht warten. Warum auch? Sie fasste neuen Mut für ihr Vorhaben. Wenn die alte Frau und ihr Begleiter hinter der nächsten Ecke verschwunden waren, wäre es ein guter Zeitpunkt. Diese Beobachtung hatte ihr gezeigt, wie richtig ihr Entschluss war.

Gerade als der zottelige Vierbeiner mit aufgeregtem Bellen hinter der weißen Klippe verschwunden war, hörte sie ein Geräusch. Es war wage wahrnehmbar und sehr leise. Fast hätte sie es für die Klagelaute eines kleinen Tieres gehalten. Ungewohnt neugierig versuchte sie, es aus den anderen Eindrücken herauszufiltern. Dann erkannte sie es und wie ein Blitz zuckte ein stechender Schmerz durch ihr Herz. Es war das verzweifelte Weinen eines jungen Mädchens. Sie saß weit entfernt auf einer Bank, hielt ein Blatt Papier in ihrer Hand und schien abwechselnd mit sich selbst und dem Autor der Zeilen zu sprechen. Die Entfernung war zu groß, um die Worte genau zu verstehen, doch bildete sie sich ein, dass sie immer wieder das Wort »Warum« hörte. Das Weinen war flehend, fast schon panisch.

Sie musste den Brief nicht lesen, um zu wissen, welchen Inhalt die Worte formten. Und da fühlte sie auf einmal wieder etwas. Es bemächtigte sich ihrer schlagartig und lag schwer und bedrückend auf ihrer Seele. Es war Mitleid. Mitleid mit ihrer eigenen zerstörten Vergangenheit. Ihrer eigenen Einsamkeit. Plötzlich saß sie – in ihren Gedanken – selbst auf dieser Bank. Ihren eigenen Brief in der Hand haltend. Ihre eigenen Tränen vergießend. Ihr eigenes Herz zerbrochen. Sie musste sich gar nicht in dieses fremde Mädchen hineinversetzen, denn es war ihre eigene Geschichte, die sie dort sah. Von einer Sekunde auf die andere, das für unzerstörbar gehaltene, wundervolle Geschenk der Liebe zerbrochen. Zerbrochen in viele kleine, spitze Splitter, die sich scharfkantig und stechend in das Herz bohren, um unheilbare Wunden zu hinterlassen. Der Anblick dieses jungen Mädchens dort auf der Bank, riss ihre eigenen alten Narben wieder auf und ließ sie so schmerzhaft fühlen wie an jenem Tag, als ihr gläserner Traum einer glücklichen Zukunft brutal zertreten wurde.

Als hätte das Schicksal noch nicht die Lust daran verloren sie zu peinigen, vernahm sie, von dem Strand heraufdringend, fröhliches Kinderlachen. Sie wendete den Blick und sah dort eine junge Familie, ausgelassen spielend. Ein kleiner Junge, eine kleine Schwester. Beide zogen sie je einen Luftballon schwebend hinter sich her. Er einen, der wie ein schwarzweißer Fußball aussah. Sie einen, in Form eines roten Herzens.

Die Bilder vor ihr verschwammen. Halb vor lähmender Gefühlsüberflutung, halb durch das Wasser in ihren Augen. Es war alles so unfair. Warum hatten ihre Träume zerbrechen müssen? Wie sehr hatte sie sich ihre eigene kleine Familie gewünscht. Warum musste ihr alles entgleiten? Sie hatte sie doch gehabt, diese wundervollen Momente. Sie war doch kein schlechter Mensch gewesen. Warum hatte das Leben sie so behandeln müssen? Sich zu verlieben, glücklich zu sein und dann alles zu verlieren. Zu verbrennen, bis schon der Gedanke an die Nähe eines anderen Menschen fluchtartige Panik auslöste. Sie wäre besser dran gewesen, wenn sie all das Wissen über Glück und Freude nicht kennen würde. Nach unten sehend, blickte sie auf ihre Hände. Leer und schwer. Wieso war sie nicht in der Lage gewesen das halten zu können, was ihr so wichtig gewesen war?

Als sich ihr Blick klärte, waren das Mädchen auf der Bank und die Familie nicht mehr da. Sie war wieder allein. Erneut fühlte sie sich in ihrem Entschluss bestärkt, die Kontrolle über ihr Leben – oder zumindest ihr Ende – zurückzuerlangen, indem sie selbst die Hoheit über ihre Entscheidungen zurückgewann. Diesmal entschied *sie* und das Schicksal konnte sie nicht davon abhalten. Dieser eine Sieg würde ihr gehören. Sie trat einen Schritt vorwärts an die Kante. Doch noch sprang sie nicht.

Die Zeit verging und die Sonne war über ihren Kopf hinweg gezogen. Die Wärme hatte allmählich ihre Kleider getrocknet. Ein älteres Ehepaar lief hinter ihr entlang. Auch sie würden bald sterben. Was hatte es für einen Sinn sich durch das Leben zu kämpfen, wenn es doch am Ende immer auf das Gleiche hinaus läuft? Einer stirbt, einer ist allein. Diesem Gedanken folgend stand sie da, starr und regungslos und blickte auf den spiegelnden Zwilling der großen gelben Scheibe, der sich auf der glatten Oberfläche des Wassers abzeichnete. Das weite, weite Meer, irgendwo dahinter musste es Frieden und Ruhe geben.

Sie schloss die Augen, atmete ein... und sprang. Stieß sich mit aller Kraft von der Kante und legte sich mit ausgebreiteten Armen in das Bett, das die Luft ihr bereitet hatte. Kleine Kiesel brachen unter dem Druck ihrer Füße ab und stürzten mit ihr in die Tiefe. Von irgendwoher hörte sie eine Möwe schreien. Der Schlag der Wellen war klar und deutlich zu vernehmen. Fast hatte sie das Gefühl das Platzen einzelner Blasen der Gischt ausmachen zu können. Alles war plötzlich so klar, so intensiv. Ihre Sinne stürzten sich auf jede Kleinigkeit, so als würden sie wissen, dass ihnen nicht mehr viel Zeit blieb, um die Vielfalt der Eindrücke dieser Welt zu erfassen. Der Wind durchkämmte ihre langen Haare, während sie die vorbei strömende Luft in ihrem Gesicht spürte. Es fühlte sich seltsam angenehm an. Sie spreizte die Finger und konnte sich des Eindrucks nicht erwehren, als könne sie die mikroskopisch kleinen Luftteilchen berühren, ganz fein und winzig, jedes mit ihren Fingerspitzen ertasten. Sie roch die frische Luft, die sich mit leichtem Fischgeruch verband. Konnte ihr Parfüm riechen, welches sie, zusammengesetzt aus lieblichen und herben Düften, wie ein sanfter Schleier umgab. Obwohl sie nichts sah, spürte sie die gewaltige Masse des Meeres immer näher kommen. Kurz bevor sie die eiskalte Oberfläche durchschlug, hörte sie die kleinen Steinchen, die sich bei ihrem Sprung gelöst hatten, brutal auf die Oberfläche schlagen.

Dann war es soweit, sie prallte mit einer nicht geahnten Wucht auf. Es war, als bestünde das Meer aus massivem Fels. Kurz darauf begann sie in den Fluten zu versinken. Eine Welle erfasste sie, wirbelte sie herum. Luftblasen stiegen chaotisch auf, als sie unkontrolliert von den Strömungen umher geworfen wurde. Sie ließ es mit sich geschehen, spannte keinen Muskel an, stemmte sich nicht gegen die Urkraft ihres zukünftigen Grabes. Tosender Krach umspülte ihre Ohren. Ihr Kopf schlug gegen etwas Hartes. Die Brandung musste ihren kraftlosen Körper gegen einen der zahlreichen Felsen geworfen haben. Doch das störte sie nicht. Sie fühlte keinen Schmerz. Kaltes Wasser drang in ihre Lungen und vermischte sich mit dem Blut, das aus ihrem Hals aufgestiegen war. Sie versuchte nicht einmal mehr zu atmen. Die eisige Kälte lähmte zusätzlich und ließ ihre Glieder allmählich steif werden. Dann wurde es ruhig und sie versank, glitt einfach in die Tiefe und das Poltern des brausenden Seegangs über ihr entfernte sich immer mehr. Je tiefer sie sich hinab ziehen ließ, desto stiller wurde es – sowohl innerlich als auch äußerlich. Es gab kein Gefühl von Kälte oder Wärme mehr. Kein Geräusch drang an ihr Ohr. Das salzige Wasser hatte seinen Geschmack verloren. Der Schmerz in der Seele wich einer sich allem bemächtigenden Betäubung. Es war ruhig. Friedlich.

Sie öffnete die Augen und sah wieder das weite Meer vor sich. Jetzt, da sie den Sprung in ihrem Kopf ein letztes Mal durchgespielt hatte, waren alle Ängste von ihr abgefallen. Sie stand nun schon den ganzen Tag da. Ihr war kalt und sie war erschöpft. Und sie war bereit zu springen. Ein letztes Mal verfolgte sie die schmale Linie des Weges unter ihr. Und da sah sie das alte Ehepaar. Sie liefen Hand in Hand. An einem kleinen Strauch blieben sie stehen. Er bückte sich, um etwas zu befreien, was sich dort verfangen hatte. Das Gestrüpp war so hoch, dass sie nicht erkennen konnte, was es war. Nach einer Weile erhob er sich und überreichte seiner Frau etwas. Sie bedankte sich lächelnd. Es war ein roter, mit Helium gefüllter Luftballon, der die Form eines Herzens hatte. Sie nahm seine Hand, hielt sie ganz fest und ließ den Ballon fliegen. Langsam stieg er auf. Und sie sahen ihm glücklich nach, wie er in die Freiheit schwebte, auf die offene See hinaus. Das dritte Augenpaar über ihnen, das den Flug verfolgte, nahmen sie nicht wahr. Und er flog dahin, zog an der untergehenden Sonne vorbei, blieb dort kurz stehen und verschwand dann hinter dem Horizont.

Ob es nur ein Zufall oder ein übersinnliches Zeichen war, spielte keine Rolle. Genau in diesem Augenblick fühlte sie sich nicht mehr allein. Sie spürte Frieden, spürte Liebe. Es war, als wäre ihr eine unsichtbare Decke um die Schultern gelegt worden. Eine Decke, die sie beschützte. Von einer behütenden Macht aus einer anderen Welt, die zwar gegangen war, sie aber nie verlassen hatte. Sie weinte bitterlich. Doch diesmal mit einem befreienden Lächeln auf den Lippen, innerlich spürend, dass sie zwar wieder verloren, aber dafür auch etwas zurückgewonnen hatte. Und sie erkannte, dass der Wunsch, den sie noch am Morgen gehabt hatte, ihr nicht die erhoffte Freiheit gegeben hätte, sondern nur der verlockende Zwang einer verletzten Seele war.

Sie blickte auf das Meer. Blickte in die unendliche Weite und traf eine Entscheidung.

Hilflos

Hilflos sitze ich vor dir, sehe in dein Gesicht und frage mich, was aus dir geworden ist. Du kannst dir durchaus ein Bild von mir machen, sagst du. Viel gelernt hättest du in all den Jahren. Jetzt seiest du erwachsen. Und dann beginnst du mir zu erzählen, wie ich denn bin. Dass dein Bild von mir ja eigentlich gar nicht so schlecht ist, aber du mir bestimmte Sachen einfach nicht glaubst. Und da du ja durchaus in der Lage bist, dir ein Bild von mir zu machen, kann es ja auch nicht stimmen, was ich dir erzähle.

Denn du hast Dein Bild von mir. Nicht wirklich hässlich, aber auch nicht schön.

Und so sitze ich da, lausche deinen Worten, und frage mich, was für ein schlimmer Mensch das wohl sei, von dem du mir gerade erzählst. Ja, ich habe dir weh getan. Ja, ich habe dich verletzt. Doch all das habe ich nie aus böser Absicht getan. Junge, unsichere Menschen tun Dinge, die sie später bereuen. Und bereut habe ich viele Jahre lang. Aber das wusstest du nicht. Und es interessiert dich auch nicht. Ich versuche dir zu erklären, dass mir damals alles entglitten ist. Ein falscher Satz und ich sah keinen Weg zurück. Ich hatte keine Kraft und niemanden, der mir den Weg zeigen konnte. Doch das interessiert dich nicht.

Denn du hast Dein Bild von mir. Nicht wirklich hässlich, aber auch nicht schön.

Und dann erzählst du mir vom Erwachsensein, und das ich es ja noch lange nicht wäre. Und wie schön das Leben doch ist, wenn man endlich erwachsen ist. Ich wäre in den vielen Jahren nicht gereift, hätte nichts verstanden und nichts gelernt. Und neben dem Schmerz macht sich bei mir Verwunderung breit. Du hast nicht einmal gefragt, wie es mir erging. Kennst meine Geschichte kaum. Erzählst mir, wie sehr eine Geburt ein Leben verändert und ich fühle mich allein und verlassen und nichts wert. Frage mich, ob ich wirklich gut daran getan habe gegen den Tod zu kämpfen und ob das einen vielleicht nicht auch ein wenig erwachsen macht. Doch das interessiert dich nicht.

Denn du hast Dein Bild von mir. Nicht wirklich hässlich, aber auch nicht schön.

Nein! Du hast kein Bild von *mir*. Du hast ein Bild von *ihm*. Und dieses Bild hat dich beschützt, nachdem ich dir das Herz gebrochen hatte. Es war damals schnell gebaut. Gemacht für die Ewigkeit. Schön genug, um eine große Liebe nicht zu vergessen. Hässlich genug, um den Schmerz zu überstehen. Aber so bin ich nicht. Du hast nie gefragt, warum ich tat, was ich getan. Nie versucht hinter meinen Schmerz zu sehen. Nie in Erwägung gezogen, dass damals zwei Menschen verletzt wurden. Doch das brauchst du ja auch nicht.

Denn du hast ja Dein Bild von mir… Es sieht nur leider nicht aus wie ich.

Unterm Tannenbaum

Mit einem leichten Klick fiel die Haustür der Parterrewohnung in das Schloss. Noch im Dunkeln griff er intuitiv nach dem Lichtschalter und erhellte den schmalen Flur mit einem sanften Licht. Warme Luft strömte ihm entgegen und bildete einen willkommenen Kontrast zu der eisigen Winterkälte, aus der er gerade kam. Nach wenigen Schritten hatte er die Küche erreicht und stellte die beiden, schweren Einkaufstüten auf dem hölzernen Tisch ab. Danach huschte er schnell wieder zurück in den Flur, so als wolle er vermeiden, dass ihn jemand dabei ertappte, dass er beim Betreten der Küche die Straßenschuhe nicht ausgezogen hatte. Doch dann fiel ihm ein, dass er ja allein in der Wohnung war und das leichte schlechte Gewissen löste sich in der Behaglichkeit der Umgebung auf.

Er streifte die dicken Stiefel von den Füßen und hängte die gefütterte Jacke an die alte Garderobe, die direkt über dem dunklen, hölzernen Schuhschrank hing. Dann rieb er sich kurz noch die kalten Finger und begab sich zurück in die Küche, um den Einkauf auszupacken. Vermutlich hatte er wieder viel zu viel gekauft, doch er wollte auf Nummer sicher gehen. An den nächsten beiden Tagen würden die Geschäfte nicht geöffnet haben und für den heutigen Abend hatte er auch noch einige Sachen benötigt.

Er identifizierte die Lebensmittel, welche er heute noch verwenden würde und stellte sie auf der Küchenzeile ab. Die anderen verstaute er in verschiedenen Schränken. Dann prüfte er noch einmal, ob er alles für sein Vorhaben hatte. Es schien nichts zu fehlen. Zwei Flaschen Wein – ein trockener Rotwein, ein Rosé. Junge Kartoffeln und Rosmarin. Frische Pfifferlinge als Beilage und zwei Becher Mousse au Chocolate für den Nachtisch. Er warf einen flüchtigen Blick auf die Uhr. Es war kurz nach sechs, er musste sich also beeilen. Nachdem er den Backofen zum Vorwärmen eingeschaltet hatte, begann er die gewaschenen Kartoffeln in Vierteln auf einem Blech zu drapieren. Anschließend säuberte er die Pilze und zerstampfte den Rosmarin in einem Mörser. Er hatte ähnliche Gerichte schon öfter zubereitet, doch diesmal wollte er sich zusätzlich Mühe geben. Es war ein besonderer Abend und seine Schludrigkeit sollte nicht die Festlichkeit des Anlasses zerstören. Als er die Kartoffeln in den Ofen schob, fiel ihm auf, dass er die Weinflaschen noch nicht kalt gestellt hatte und beseitigte diese Nachlässigkeit. Er kontrollierte wieder die Uhr. Jetzt lag er gut in der Zeit. Der Braten, den er bereits am Vorabend vorbereitet hatte, brauchte nicht lange, um noch einmal erwärmt zu werden. Es war Zeit, den Tisch zu decken.

Die weiße Seidendecke, die er nur zu besonderen Anlässen herausholte, hatte er schon am Morgen auf den Tisch im Wohnzimmer gelegt, damit sie sich tagsüber ausfalten konnten. Er holte die edlen Porzellanteller mit dem Goldrand aus dem Schrank und brachte sie zusammen mit dem guten Besteck in das andere Zimmer. Es war noch kühl in dem Raum, denn er ließ das Wohnzimmer meist unbeheizt, wenn er unterwegs war und deshalb drehte er sogleich die Heizung hoch, nachdem er Teller und Besteck auf dem Tisch abgestellt hatte. Während sich langsam die Wärme im Zimmer ausbreitete, richtete er mit romantischer Präzision den Tisch weiter her. Beim Falten der Servietten gab er sich besondere Mühe. Er hatte sich extra ein spezielles Faltmuster besorgt, welches er nun nach Anleitung sorgsam und detailgenau umsetzte. Mit leichtem Stolz legte er die roten Herzen aus dichtem Stoff jeweils neben die zwei Teller. Es fehlte nur noch eine Kleinigkeit, um die Gemütlichkeit der Dekoration zu perfektionieren. Als er den Kerzenständer auf den Tisch stellte, konnte er sich nicht zurückhalten, den Raum in dem Licht sehen zu wollen, in dem er später erstrahlen sollte. Mit einem Streichholz entzündete er die Kerze. Die Flamme tauchte das Zimmer in ein wundervolles, warmes Licht. Kurz hielt er inne und betrachtete die Umgebung. Das leichte Flackern verstärkte zusätzlich die Aura der Geborgenheit. Ihm war fast, als würde er lächeln.

Als er den großen, grünen Baum erblickte, fiel ihm wieder ein, was er noch erledigen wollte. Er hatte es am Vorabend nicht mehr geschafft, das Lametta aufzuhängen und die Geschenke waren auch noch nicht an den Stamm gelehnt. Eilig ging er zu der alten Kommode und holte die silbrigen Metallstreifen hervor. Es dauerte eine Weile, bis er den Baum fertig geschmückt hatte, denn auch dabei wollte er sehr genau vorgehen.

Mittlerweile hatte sich der Geruch des Essens in der Wohnung ausgebreitet und zog auch in das Wohnzimmer, in welchem er die letzten Schönheitskorrekturen am Weihnachtsbaum vornahm. Leise lobte er sich selbst, als er die elektrischen Lampen einschaltete und das Werk betrachtete. Vielfach brach sich das Licht der Kerzen in den glänzenden roten und silbernen Kugeln und erzeugte winzige Minikopien ihrer selbst auf der runden, spiegelnden Oberfläche. Die handgeschnitzten Engelsfiguren warfen ehrwürdige Schatten an die Wand und verliehen ihrer erhabenen Pose noch mehr Ausdruck. Wie kleine Tänzer, die harmonisch und verträumt in gedankenversunkenem Spiel über die Wand glitten, zeichneten sich die vom zusätzlichen Licht der Kerze verstärkten Schattenbilder auf der glatten Tapete ab. Jetzt fehlten nur noch die Geschenke.

Wieder ging er zurück zur alten Kommode, doch diesmal wählte er das unterste Fach und zog es, mit Hilfe der handgefertigten Holzknöpfe, auf. Unter ordentlich gefalteten Tischdecken hatte er drei Päckchen versteckt. Jedes war in ein anderes Papier eingewickelt. Er ging zum Baum zurück und legte sie in die Nähe des Stammes, so dass man sie gut sehen konnte. Dann trat er einen Schritt zurück und betrachtete das Gesamtwerk. Es sah schön aus. Ein Lächeln schlich sich auf sein Gesicht, während er bedächtig einen Stuhl vom Tisch wegzog und sich hinsetzte. Es wurde breiter, als er im Gedanken durchspielte, wie sie in weniger als einer Stunde nach Hause kommen würde. Er hoffte, ihr würde auffallen, dass er den kompletten Vormittag geputzt hatte. Das Bad, die Stube, die Küche, das Schlafzimmer. Inständig wünschte er, dass sie bemerken würde, wie viel Mühe er in diese Arbeit gesteckt hatte, denn noch vor ein paar Tagen hatten sie sich deshalb gestritten. Es war kein schlimmer Streit gewesen und sie hatten sich schnell wieder vertragen. Doch er konnte es nicht vergessen. Er ertrug es nicht, wenn sie stritten. Die Angst sie zu verlieren wuchs dann so schmerzhaft an, dass sie jeden anderen Gedanken beiseite drückte. Und so setzte er seine gesamte Energie darin, ihr zu zeigen, dass er in der Lage war, die Wohnung so schön herzurichten. Er wollte ihr einfach eine Freude machen und ihr zeigen wie wichtig sie ihm war.

Er wischte die düsteren Gedanken weg, gab den positiven Emotionen freien Lauf und schwenke in seiner Fantasie wieder zu dem zukünftigen Zeitpunkt, an dem sie freudestrahlend in die festlich geschmückte Wohnung treten würde. Sie würden sich zur Begrüßung umarmen, sich einen Kuss geben und sagen, dass sie sich lieb hätten – so, wie sie es immer taten. Dann würde ihr der Geruch des Bratens auffallen. Neugierig würde sie versuchen, einen Blick in die Küche zu werfen. Doch er würde sie davon abhalten und sogleich ins Wohnzimmer geleiten. Dies war einer der Momente, auf die er die letzten Tage hingearbeitet hatte. Er kannte sie und wusste wie sehr ihre Augen beim Betreten des wohltemperierten Zimmers strahlen würden, der Raum andächtig beleuchtet von dem Weihnachtsbaum und den vielen Kerzen, das Essen duftend angerichtet zu dem edel eingedeckten Tisch. Er würde ihr den Mantel abnehmen und den Stuhl zurückziehen. Ihm war das eigentlich zu viel, doch sie mochte es, wenn er sie wie ein Gentleman behandelte und er liebte es, ihr eine Freude zu machen. Anschließend würden sie den Rotwein zum Braten genießen. Lachen, scherzen und sich verliebt in die Augen sehen, obwohl sie schon so viele Jahre zusammen waren. Er wusste nicht, womit er dieses Glück verdient hatte, aber sie war genau das, was perfekt zu ihm passte. Und er wusste, dass es ihr auch so ging. Dann würde er einige Kerzen auslöschen, um ihre ganze Aufmerksamkeit auf den Baum und die drei Geschenke zu richten. Das blaue, das grüne und das rote. Sie würde mit dem Blauen beginnen. Das tat sie immer, denn blau war ihre Lieblingsfarbe. Dort würde sie die runden Ohrstecker finden, die sie sich gewünscht hatte.

Lange hatte sie überlegt, ob sie diese selbst kaufen solle, doch sie waren schlichtweg zu teuer gewesen. Die filigran eingearbeitete Landschaft, die einen einsamen Eichenbaum auf einem weiten Feld zeigte, hatte leider ihren Preis. Doch sie war ihm das wert. Die Vorfreude war fast nicht mehr zu steigern, als er sich vorstellte, wie sie die Stecker freudestrahlend erblicken würden. Und noch mehr bei dem Gedanken daran, wie sie das grüne Paket öffnen würde. Denn zu den Steckern hatte er im Laden noch die passende Kette entdeckt und konnte es nicht übers Herz bringen, sie einfach zurück zu lassen. Er schuf sich ein geistiges Abbild von ihr, mit den Steckern und der Kette. Sie sah wunderschön aus.

Dann käme der Moment für das dritte, das rote Päckchen. Langsam würde sie es auspacken, sich fragend, was wohl der Inhalt sein könnte. Es gab nämlich kein weiteres Stück, außer den Steckern und der Kette, in diesem Set. Ihn selbst hatte es emotional tief bewegt, als er den Inhalt das erste Mal gesehen hatte und er wusste, dass sie den Tränen nahe sein würde. Denn passend zu den ersten beiden Geschenken hatte er einen Ring fertigen lassen, der dasselbe detailreiche Motiv zeigte. Jeder einzelne Ast, jede Linie war genau übernommen worden. Von diesem Ring gab es nur ein einziges Exemplar und es passte genau ihr. So, wie es nur einen einzigen Menschen gab, der zu ihm passte. Sie würden sich in die Augen sehen und wortlos verstehen.

Doch sie würde heute Abend nicht nach Hause kommen. Würde nicht durch die Tür treten, ihm keinen Kuss geben. Niemand würde den Braten kosten oder den Wein probieren. Und niemand würde die Geschenke auspacken und überglücklich über ihren Inhalt sein.

Bis jetzt war er in der Lage gewesen, die Wahrheit zu verdrängen, doch nun brach sie mit aller Heftigkeit über ihn herein und legte sich wie eine unsprengbare Kette um die Seele. Stück für Stück zog sie sich immer fester zu und die Erinnerungen hämmerten mit grausamer Wahrheit auf ihn ein.

Es war nur ein kurzer Moment gewesen. Ein kurzer Moment, in dem der Fahrer die Kontrolle über den Bus verloren hatte. Die Straße war vereist. Es war dunkel gewesen. Niemanden traf eine Schuld. Sie war einfach zum falschen Zeitpunkt am falschen Ort, als der Bus auf den Gehweg rutschte und sie in voller Fahrt erfasste. Als ihr Kopf auf den Asphalt schlug, war sie bereits tot. Ein ganzes Leben, eine übergroße Liebe – ausgelöscht in nur einem kurzen Augenblick.

Tränenüberströmt erinnerte er sich an das letzte Lächeln, das er in ihrem Gesicht gesehen hatte. Am Morgen, als er ihr zum Abschied einen Kuss gab, sie in den Arm nahm und ihr sagte, wie lieb er sie habe.

Wer kann sie festhalten, diese kurzen Momente, die einem von der Zeit entrissen werden, noch bevor man sie richtig fassen kann? Diese Momente, von denen nur noch ein ungenaues Abbild in deinen Erinnerungen verbleibt, das sich Stück für Stück weiter aus dem Gedächtnis entfernt. Und doch, auch wenn die Szene immer mehr verblasst, das Abbild der Emotionen bleibt meist klar und deutlich erhalten, wie ein tiefer Abdruck auf der Seele. Er klammerte sich an diese Emotionen.

Humpelpump am blauen See

Es war schon hell und die Sonnenstrahlen zwängten sich bereits durch die schmalen Lamellen des Fensterladens. Einer davon steuerte zielgerichtet Humpelpump's Nasenspitze an und kitzelte ihn, so als wolle er sagen: »Zeit aufzustehen!«

Der kleine Gnom rieb sich die Müdigkeit aus den Augen und blinzelte verschlafen in den Morgen.

»Muaaaaaaaaaa«, gähnte er und streckte alle Glieder von sich. Dann zog er die winzigen Filzlatschen über die haarigen Füße und trippelte zum Waschbecken, welches in der anderen Ecke der wohnlichen Hütte stand. Wie es so seine Art war, schrubbte er sich recht schnell mit einem alten Schwamm, denn eiskaltes Wasser mochte er so gar nicht. Nachdem er den Knick aus der Spitze seines rechten Ohrs entfernt hatte, zog er ein gefüttertes Wams an und bereite sich ein einfaches Frühstück.

Heute war Angeltag und er wollte nicht zu spät am See sein. Wenn er nach dem Mittag ankäme, wären die Fische längst satt und würden faul, mit vollgeschlagenem Bauch, am Boden des Sees rumgammeln. So, wie Fische es nun einmal zur Mittagsstunde machen. Dann hätte er schlechte Karten, den einen oder anderen mit seinen leckeren Ködern an den Haken zu locken. Also schlang er schnell die letzten Beeren aus der Holzschüssel herunter, griff die Angel und seinen Wanderhut und stürmte aus der Tür.

Der Wald lag in wunderschönster, farbenfroher Vielfalt vor ihm und Humpelpump machte vor Freude einen vergnügten Hüpfer in die Luft, wobei er beide Füße aneinander schlug. So begrüßte er jeden Morgen den neuen Tag. Erst jetzt fiel ihm auf, dass er noch seine Pantoffeln an hatte. Er überlegte kurz, ob er noch einmal zurückgehen sollte. Doch dann zuckte er mit den Schultern und setzte seinen Weg fort. Es war trocken im Wald und er hätte auch barfuß gehen können. Und mit Pantoffeln durch den Wald stiefeln? Das hatte er noch nie gemacht. Er grinste breit und war gespannt auf die Erfahrung. Die Angel geschultert, hüpfte er den schmalen Weg entlang und freute sich jedes Mal über das raschelnde Geräusch, wenn er den Boden berührte und auf das feine Laub trat.

Humpelpump war ein sehr vergnüglicher Gnom. Eigentlich war er kein reiner Gnom, denn seine Mutter war ein Kobold gewesen. Also war er streng genommen ein *Gnombold* oder *Kobolm*. Doch er hatte die ganze Sache mit dem Verstecken von Goldtöpfen am Ende irgendeines Regenbogens nie richtig verstanden. Und so sah er sich lieber als waschechten Gnom. Dies wurde davon unterstrichen, dass er eher wie ein typischer Gnom aussah. Klein, knuffig und mit einem gepflegten Bäuchlein in der Mitte des Körpers, niedlichen Haarbüscheln an den Enden der spitz zulaufenden Ohren, großen braunen Augen und einer knolligen Nase im Gesicht. Einzig der leicht grünlich schimmernde Teint ließ die koboldische Ahnenlinie erahnen.

Nun raschelte er mit seiner fröhlich-gnomischen Art durch das Unterholz und freute sich über den sonnigen Tag. Auf einmal hatte er es gar nicht mehr eilig, zum See zu kommen, und er beschloss, eine kurze Pause einzulegen und die Schönheit des Waldes für eine Weile zu genießen. An einem großen alten Baum hielt er an, setze sich auf den Hosenboden, lehnte die Angel gegen den Stamm und genoss die Ruhe. Die Füße übereinandergelegt, pfiff er ein fröhliches Liedchen, während er eine handgeschnitzte Pfeife hervorholte und mit einem würzigen Tabak füllte. Mit dem Kiel der Feder, die er aus dem Hut gezogen hatte, stopfte er das trockene Kraut in den Pfeifenkopf und brachte es mit einer einfachen Zunderapparatur, die er selbst entworfen hatte, zum glimmen. Entspannt nahm er einen großen Zug und sah sich um. Er liebte seinen Heimatwald. Es war ein großer, dichter Laubwald, in dem uralte Bäume standen, die zahlreichen Lebewesen Futter, Schatten und Unterschlupf boten. Gerade jetzt flog ein kleiner, bunter Vogel kurz vor seinem Gesicht vorbei, drehte ein paar Runden über ihm und setze sich dann auf einen gegenüberstehenden Baum. Dort pickte er eine kleine Raupe auf und ließ sie sich schmecken.

Da bemerkte Humpelpump, dass er ebenfalls Hunger hatte. Er griff in die Manteltasche, holte den polierten Apfel hervor, den er am Vortag dort verstaut hatte und biss herzhaft hinein. Mit lautem Schmatzen verschlang er den ersten Happen. Humpelpump hatte keine Tischmanieren.

›Aber wozu braucht man die auch, wenn man keinen Tisch hat‹, dachte er sich und schmunzelte dabei.

Es war genau die Zeit im Jahr, in der die Sonne gerade noch ihre wohltuende Wärme ausbreiten konnte, der Wald aber schon anfing, die leuchtenden Farben langsam zu verlieren. Er fragte sich, wie lange es dieses Jahr noch dauern würde, bis alle Blätter zu Boden gefallen waren.

Plötzlich riss ein lautes Knacken ihn aus seinen Gedanken. Er drehte sich ruckartig in die Richtung des Geräusches und entdeckte zu seiner Rechten ein riesiges braunes Ungetüm, das mit mächtigen Schritten auf ihn zu kam. Die großen Zähne blitzten in dem aufgerissenen Maul. In diesem Moment wurde ihm schlagartig klar, dass es nicht nur die Zeit für fallende Blätter, ruhige Spaziergänge oder die letzten Sonnenstrahlen im Jahr war, sondern noch etwas ganz anderes – es war Gnom-Jagdsaison.

Der Bär stürzte sich brüllend auf ihn. Humpelpump sprang-duck-dreh-rollte sich zur Seite und landete unsanft, nicht unweit der Stelle an der er vorher gesessen hatte und an der nun ein wütendes Bärenmaul schnappartig die Luft zerbiss. Ruckzuck war der kleine Grünling auf den Beinen und stürzte nach vorn, der Bär dicht hinter ihm. Der Winzling konnte den heißen Atem des Verfolgers im Nacken spüren, und wäre er nicht als Gnom geboren, wäre es wohl recht schnell mit ihm vorbei gewesen. Doch er hatte ein natürliches Gespür für schnelle Ausweichbewegungen und so schlug er einen Haken nach dem anderen, um den Jäger auf Distanz zu halten. Der Bär keuchte hinter ihm, doch Humpelpump merkte, dass ihn selbst bald die Kräfte verlassen würden.

In seiner Panik versuchte er einen anderen Ausweg zu finden und entdeckte zum Glück ein halb verdecktes Loch im Boden. Er nahm alle Kraft zusammen, drückte sich mit den kurzen Beinen vom Boden ab und sprang mit einem gewaltigen Satz in die Öffnung, die sich zwischen ein paar Grasbüscheln im Boden versteckte. Unglücklicherweise war es tiefer, als er erwartet hatte, und der überraschte Gnom konnte sich gerade noch an einer Wurzel festhalten, bevor er in die Tiefe gerollt wäre. Dabei schlug er mit dem Hinterkopf auf dem harten Untergrund auf. Etwas benommen blieb er hinter dem Eingang liegen. Er erwartete augenblicklich das wütende Scharren mächtiger Krallen, die in Windeseile Sand durch die Luft wirbelten und den Eingang der winzigen Höhle frei legten. Doch es passierte nichts.

Humpelpump wagte es nicht sich zu bewegen und während er die Wurzel umklammerte, versuchte er sich an die Dunkelheit zu gewöhnen. Obwohl ein wenig

Licht von außen herein drang, konnte man kaum etwas sehen. Aber mit seiner feinen und durchaus nicht kleinen Nase, erkannte er den Duft von nassem, sandigem Haar. Es war der Geruch eines Dachses. Das Loch musste wohl der Eingang zu einem Bau dieses Waldbewohners sein.

Nach einer Weile, in der kein Geräusch von außerhalb zu vernehmen war, wagte es der Gnombold vorsichtig den Kopf aus dem Eingang zu stecken. Erst soweit, dass er gerade die nahe Umgebung sehen konnte. Dann noch ein wenig mehr... ein wenig mehr... noch ein ganz klein wenig. Schließlich hatte er den Kopf soweit herausgestreckt, dass er den Fluchtweg überblicken konnte. Und was er dort sah, ließ ihn an seinen Sinnen zweifeln. Kurz überlegte er, ob der Schlag auf den Hinterkopf doch etwas heftiger gewesen war, als er angenommen hatte.

Nicht weit von ihm lag ein riesiger Berg aus braunem Fell – der Bär, mausetot. Die kräftigen Tatzen weit von sich gestreckt, die Zunge aus dem riesigen Maul hängend. Über ihm stand eine hochgewachsene Gestalt und schrieb etwas in ein handliches Büchlein. Humpelpump rieb sich die Augen und tastete nach der Beule, so als wolle er sich vergewissern, dass er nicht träume.

»Da hast du aber noch einmal Glück gehabt«, sagte die Gestalt, ohne sich umzudrehen. Und mit der rechten Hand auf den toten Bären deutend, fügte sie noch lax hinzu: »Herzinfarkt«.

Dabei zuckte sie leicht mit den Schultern, so als wäre das nichts Besonderes. Vermutlich würde der Bär das anders sehen. Humpelpump fühlte sich noch immer wie in einem Traum. Er traute sich kaum zu atmen. Etwas Seltsames ging von dieser Gestalt aus. Viel konnte der Gnom von ihr nicht erkennen, denn sie stand noch immer mit dem Rücken zu ihm und war von oben bis unten in einen schwarzen Mantel gehüllt, an dessen oberen Ende eine Kapuze tief bis über die Stirn gezogen war.

»Magst du nicht aus deinem Versteck kommen?«, fragte der Kapuzenträger in diesem Augenblick, und während er die Worte sprach, drehte er sich langsam um und lächelte den Gnom freundlich an.

Humpelpump war starr vor Entsetzen. Das Lächeln war wirklich freundlich, aber der Rest wirkte vollkommen anders, als er erwartet hatte. Er blickte – halb panisch – auf blitzweiße Zähne. Da wo normalerweise das Zahnfleisch war, befand sich - nichts. Er sah weiter nach oben. Bei den Lippen - nichts. Augen – Fehlanzeige. Humpelpump schaute direkt in das Gesicht eines bleichen Totenschädels.

»Oh, hab ich dich erschreckt?«, witzelte der Schädel und tat so, als wäre er überrascht.

Anscheinend hatte er mit einer solchen oder ähnlichen Reaktion gerechnet. Er steckte das Büchlein in den Mantel.

»Ich bin Thodeus. Aber meine Freunde nennen mich eigentlich nur Tod«, er streckte die knochige Hand zur Begrüßung nach vorn.

»H..H…Huu…Huuu…Huuu…Humpelpump«, stotterte der Gnom und reichte dem Gegenüber zitternd die Hand.

»Das ist aber ein ziemlich langer Name für einen so kleinen Mann«, lachte der Knochenmann.

Es bereitete ihm offensichtlich Freude, sich über die Unsicherheit des Gnoms lustig zu machen.

»Was bist du denn für eine Gestalt?«

»Ich bin ein Gnom«, erwiderte Humpelpump.

»Ehrlich? Du siehst mir eher wie ein Gnombold aus«, schmunzelte Tod und deutete auf die leicht grünliche Haut.

Als er den verdutzen Ausdruck auf dem Gesicht des Gnoms sah, fing er laut an zu lachen.

»Natürlich kenne ich dich und weiß, dass du ein Gnombold bist. Halb Gnom. Halb Kobold.«

Humpelpump guckte verärgert und verzog dabei die Schnute.

»Na du bist aber witzig«, grollte er.

Im selben Moment zuckte er zusammen. Hatte er gerade den leibhaftigen Tod angeranzt? Tod entging der entsetzte Blick nicht und grinste breit.

»Es gibt Tage, da bin ich einfach zu Scherzen aufgelegt. Besonders an so einem schönen wie heute.«

Er vollführte mit der Knochenhand einen Halbbogen und blickte dabei auf das kunterbunte Laubdach über ihnen. Humpelpump entspannte sich daraufhin ein wenig.

»Woher kennst du mich denn?«, fragte er schließlich nach einer kurzen Pause.

»Du stehst in meinem Buch«, antwortete Tod sanftmütig und tippte auf die rechteckige Ausbeulung in seiner Manteltasche.

»Ich kenne alle Lebewesen und auch, wann sie auf diese Welt kommen und sie wieder verlassen. Nimm zum Beispiel diesen Bären hier. Heute war sein Tag. Es war für ihn an der Zeit zu gehen.«

Der Knochenmann holte das in Leder eingebundene Büchlein hervor. Er blätterte zu einer bestimmten Seite vor. Dann hielt er es Humpelpump hin und zeigte mit dem Zeigefinger darauf.

»Schau, da steht es.«

Humpelpump blickte auf das Buch und sah verschiedene Buchstaben in fein leuchtendem Blau. Staunend und fasziniert las er die kunstfertig geschriebenen Worte vor: »Buntlaubwald. Kurz vor Mittag. An der großen Eiche. Bär. Herzinfarkt.«

Der kleine Mann kratzte sich verwundert die Stirn.

»Du weißt also wann alle Lebewesen sterben?«

»Ja.«

»Auch ich?«

»Natürlich«, nickte Tod und strahlte eine andächtige Ruhe aus.

»Aber ich werde es dir nicht verraten«, kam er der Frage des Gnoms zuvor.

Humpelpump sah nachdenklich auf den Boden und grübelte. Nach einer Weile sagte er schließlich: »Ich glaube, ich möchte es gar nicht wissen.«

Tod nickte verständnisvoll.

»Wollen wir ein Stück zusammen gehen? Du wolltest doch zum See und angeln.«

»Das weißt du also auch?«, fragte Humpelpump. »Kannst du Hellsehen?«

»Nein, nein«, grinste Tod.

Er deutete entlang des Weges. Dort lehnte die Angel noch immer an dem Stamm des uralten Baums.

»Oh!«, entfuhr es Humpelpump.

Mit flinken Schritten sprang er los, holte die Angel und düste wieder zurück zu Tod.

»Alles klar. Ich bin bereit«, meinte er fröhlich, die Angel lässig auf die Schulter gelegt.

Tod drehte sich in Richtung des Sees und ging los. Eigentlich ging er gar nicht richtig, sondern schwebte eher. Dabei berührte der Mantel leicht den Boden, so lang war er. Die Füße konnte man nicht erkennen. Humpelpump lief halb stolz, halb verblüfft neben ihm her. Er spazierte tatsächlich durch den Wald mit Tod. Dem Tod! Es wunderte ihn, dass er dabei keine Angst verspürte. Er hätte doch schreiend wegrennen müssen.

Schließlich konnte ihm der Knochenmann mit einem einzigen Fingerzeig das Leben nehmen. Oder doch eher mit einem Schnippen? Oder einem Pfeifen? Er traute sich nicht zu fragen.

Es war kein langer Weg bis zu ihrem Ziel und sie verbrachten ihn schweigend. Als sie den See erreichten, stand die Mittagssonne hoch am Himmel. Die Oberfläche des Wassers funkelte und blitzte, als winzige Wellen, vom Wind angetrieben, die Sonnenstrahlen reflektierten. Entlang des Ufers standen hier und da vereinzelt ein paar Schilfhalme. Der Rest war von einer saftigen Wiese umrandet.

Das ungleiche Paar setzte sich an den Rand des Gewässers und Humpelpump holte einen Köder aus der Jackentasche hervor. Es war ein gekneteter Klumpen feuchten Brotteigs, den er am Haken befestige. Dann prüfte er noch einmal die Spannung der Angelsehne und warf den Köder samt Haken in das Wasser. Es ertönte ein kurzes *Blub* und beide verschwanden unter der Oberfläche. Sie hinterließen kleine Wellen, die sich kurz darauf wieder auflösten. Nur die aus Schilfrohr gebaute Pose wackelte daraufhin gemütlich auf dem Wasser, aufrecht gehalten von einer fast unsichtbaren Schnur. Der Gnom blickte gedankenversunken auf das Wasser und wirkte ein wenig nachdenklich.

»Du Tod, sag mal: Wo gehen denn die ganzen Seelen hin, nachdem sie den Körper verlassen haben?«, fragte er plötzlich.

Tod überlegte kurz.

»Nun, das kommt darauf an«, antwortete er.

»Ein jedes Wesen hat einen eigenen Bestimmungsort. Es gibt da viele Reiche. Manch einen bringe ich in eines davon. Für andere suche ich ein neues Leben und pflanze es dort hinein. Und einige gehen in eine andere Welt, kommen nach einer Weile wieder, besetzen ein neu geborenes Leben und leben dieses, bis ihre Zeit erneut gekommen ist.«

»Und wer entscheidet, was mit jemandem passiert?«, fragte Humpelpump weiter.

»Das weiß selbst ich nicht. Ich schaue nur in mein Buch und mache was dort drin steht.«

»Verstehe.«

So richtig zufrieden wirkte der kleine Gnom noch nicht. Er blickte wieder hinaus auf das Wasser.

»Aber wenn sie wiederkommen, warum müssen sie dann erst gehen? Ich meine, muss man denn wirklich sterben?«.

Der Gnom wirkte bedrückt.

»Alles muss irgendwann enden«, entgegnete Tod. »Schau dort.«

Auf der anderen Seite des Sees stand ein stattlicher Hirsch. Tiefbraun glänzte das satte Fell im Licht. Das imposante Geweih war nach oben gereckt und thronte über dem mächtigen Körper. Stolz schritt er langsam voran und setzte dabei elegant einen Huf vor den anderen. Beinahe majestätisch glitt er über die Wiese. Humpelpump war von dem Anblick wie in einen Bann gezogen. Auf die Entfernung wirkte das Tier wunderschön. Der Hirsch kam immer näher, die Sonne hinter ihm, so dass sich auf der kräftigen Rückenpartie ein leichter Schimmer zeigte, der ihn noch edler wirken ließ. Wie von magischer Hand geleitet, bewegte sich der Zwölfender auf die beiden am Seerand sitzenden Wesen zu.

Er war nur noch wenige Meter entfernt, als Humpelpump etwas bemerkte, was ihm seltsam vorkam. Erst konnte er es gar nicht richtig ausmachen. Es war nur das wundersame Gefühl, dass etwas nicht stimmte. Doch dann sah er es – der Hirsch hinkte. Schleppend zog er den rechten Hinterlauf nach. Doch das war nicht das einzige. Je näher er kam, desto mehr Veränderungen fielen dem Gnom auf. Er humpelte nicht nur, sondern schien auch Mühe zu haben sich überhaupt noch bewegen zu können. Jeder Schritt wirkte, als würde er ihm enorme Kraft abverlangen. Das Fell, welches aus der Entfernung so schillernd wirkte, offenbarte sich nun als grau und abgenutzt. An manchen Stellen fehlten ganze Büschel. Das Geweih war zerschrammt und einige Enden abgebrochen. Als das Tier dicht vor ihnen stand, konnte Humpelpump in alte, müde Augen sehen. Jegliche Eleganz war aus ihnen gewichen.

Langsam erhob sich Tod und strich sanft über den buckligen Rücken. Der alte Geweihträger sah Tod nicht, konnte ihn aber spüren. Vorsichtig legte er sich zu Boden. Er hatte scheinbar große Schmerzen. Die Atmung ging schwer und setzte teilweise vollständig aus. Tod streichelte weiter über Nacken und Rücken und beruhigte den Greis. Er blickte Humpelpump noch einmal an, bevor er friedlich die Augen schloss und das letzte Mal die Luft aus den Nüstern entwich. Dann war es still. Kein Blatt regte sich. Kein Vogel sang. Selbst die Wellen lagen wie erstarrt auf dem See. Der Gnom war tief ergriffen. Eine einzelne Träne kullerte die grüne Wange hinab. Gerührt sah er auf das einst so stolze Tier.

»Deswegen sterben Lebewesen«, sprach Tod in ruhigem Ton.

»Alle Dinge verändern sich. Sie werden geboren, entwickeln sich weiter und irgendwann werden sie krank oder alt. Dann komme ich und bringe sie an einen anderen Ort. Dort, wo sie keinen Schmerz und kein Leid mehr spüren. Und einige kommen halt zurück. Dann beginnt alles von Anfang an. Es ist ein ewiger Kreislauf.«

Humpelpump verstand. Er hatte die Müdigkeit und die Schmerzen in den Augen des Hirsches gesehen und wirkte erleichtert, dass der Alte nun seinen Weg vollendet hatte.

»Was passiert jetzt mit ihm?«, wollte er wissen.

»Sein Körper wird Teil der Natur. Wie alle Dinge, die sterben. So wie der Bär. Auch seine Seele werde ich dorthin bringen, wo sie erwartet wird. Aber das kann noch ein wenig warten. Jetzt hat er etwas Zeit, sich von der Welt zu verabschieden. Am Abend brechen wir dann zusammen auf. «

»Es ist bestimmt nicht leicht ständig den Tod zu sehen, oder?«, fragte Humpelpump und während er die Worte sprach, wurde ihm klar, was er gerade gesagt hatte.

»Och,«, meinte Tod, »so schlimm ist das gar nicht. Zugegeben, ich sehe nicht aus wie das blühende Leben, aber mittlerweile habe ich mich dran gewöhnt.«

Tod lachte über seinen eigenen Witz. Humpelpump musste schmunzeln und die Traurigkeit verflog.

»Wir sollten ihn jetzt alleine lassen«, sprach Tod mit Blick auf den Hirsch.

Der Gnom stimmte wortlos zu. Er holte die leere Angel ein, wickelte die Schnur auf und legte sie sich, zum Abmarsch bereit, über die Schulter.

»Tja, da hatte ich heute wohl kein Glück beim Angeln.«

Humpelpump sah Tod an.

»Das wusstest du, oder?«

Er blickte auf das Buch in der Manteltasche. Tod nickte verschmitzt.

Auf dem Rückweg nahmen sie einen etwas anderen Weg, sodass sie nicht am Leichnam des Bären vorbei kamen. Doch sie passierten die große Eiche, an deren Fuß

Humpelpump am Morgen gesessen hatte. Von der wilden Verfolgungsjagd war nichts mehr zu sehen. Der Gnombold blickte den mächtigen Stamm empor. Er wusste nun, dass selbst dieser majestätische Baum eines Tages nicht mehr sein würde. Aber es betrübte ihn nicht, denn nahe der gewaltigen Wurzeln drängten sich zarte, winzige Sprösslinge empor. Einer von ihnen würde in einer fernen Zukunft selbst zu einer uralten Eiche werden, und selbst wieder sterben, zerfallen und neues Leben erschaffen. Sein Blick stieg höher zum Blätterdach und plötzlich musste er lächeln, als er dort ein ihm vertrautes Gebilde erblickte. Erst jetzt bemerkte er, dass er einen seiner Pantoffel verloren hatte, als er um sein Leben durch das Unterholz gestolpert war. Eine Lerche hatte den Latschen offensichtlich gefunden und angefangen ihn als Grundlage für ein neues Nest zu nutzen. Tod bemerkte den Blick des Grünlings.

»Siehst du, es kommt in der Natur nichts um. Alles was verloren geht, wird einem anderen Zweck zugeführt. So geschieht es mit den Körpern wie mit den Pantoffeln.«

Die Sonne fing langsam an, sich an den Horizont zu schmiegen, als sie die Hütte des Gnoms erreichten.

»Es wird Zeit für mich zu gehen. Ich muss noch jemanden in sein neues zu Hause geleiten.«

Humpelpump verstand.

»Wollen wir morgen wieder angeln gehen?«, fragte der Gnom und blickte den Begleiter an.

Das Gesicht von Tod verfinsterte sich plötzlich. Grelle Blitze zuckten am Himmel und mit grollender Stimme sprach er: »Morgen komme ich wieder und werde dich abholen!«.

Humpelpump erschrak und wich kreidebleich einen Schritt zurück.

»Keine Angst«, lachte Tod. »Zum Angeln. Nur zum Angeln«.

Er zwinkerte Humpelpump mit der leeren Augenhöhle zu und löste sich lachend in Luft auf.

›Das ist ein ganz schön lustiger Geselle, dieser Tod‹, dachte sich Humpelpump, als er das Häuschen betrat. Er fühlte sich wie von einer Angst befreit, die er am Anfang des Tages noch gar nicht gekannt hatte. Mit einer seltsam, ehrwürdigen Erhabenheit schloss er die Tür und freute sich auf den morgigen Tag.

Der Boxkampf

Mit einem hellen »Kling, Klong« wird der Kampf eröffnet. Das Publikum jubelt dir zu. Alle lieben dich. Es ist, als wärest du gerade geboren und die ganze Welt hat sich versammelt, um dich in der neuen Welt zu begrüßen. Die ersten Wahrnehmungen sind leicht verschwommen. Noch unsicher und wie ein Neugeborenes, tapst du in die Ringmitte, um deinen Gegner zu begrüßen. Durch leichtes hin und her Tänzeln, versuchst du die Situation und die neue Umgebung zu begreifen. Saugst die neuen Eindrücke in dich auf. Jede Bewegung ist ungewohnt. Schillernde Farben und Töne um dich herum, die dir gänzlich fremd sind.

Doch dein Gegner lässt nicht lange auf sich warten. Schon nach dem ersten Schlag merkst du, dass das hier ernst ist. Wie ein Säugling, der kurz nach der Geburt von der Mutter getrennt wird und verzweifelt den Start ins Leben alleine meistern muss, holt der Treffer dich zurück in die Realität. Benommen und verwirrt benötigst du einige Augenblicke, um dich wieder zu orientieren. Die Musik dringt dumpf in deine Gehörgänge. Die farbenfrohen Lichter sind verkommen zu einem sterilen Krankenhauslicht, auf einer Kinderstation, auf der du eingesperrt in einem kleinen Bettchen liegst, unfähig dich diesem Ort zu entziehen. Der Jubel der Masse klingt nur noch wie das Plärren der anderen Kinder, die ebenfalls, allein und verängstigt, wie paralysiert, in das gleißende Deckenlicht starren.

Doch dann regt sich etwas in dir. Ein starker Wille, getrieben von einer dir unbekannten Macht, bemächtigt sich deiner. Ein kräftiges Gefühl, wie die Liebe einer Mutter, lässt alles wieder fröhlicher erscheinen. Nimmt dir die Benommenheit und gibt dir neue Kraft. Es ist keine Option jetzt schon aufzugeben. Du schlägst zurück. Triffst. Und obwohl dein Wiedersacher sich wenig beeindruckt zeigt, merkst du, dass er nicht unantastbar ist.

Ein weiteres »Kling, Klong« läutet das Ende der ersten Runde ein und du tänzelst beschwingt in deine Ecke zurück. Deine beiden Trainer sind so unendlich stolz auf dich. Feiern dich, wie ein Kleinkind, das den ersten Geburtstag erreicht hat. Und mit diesem Glücksgefühl startest du in die nächsten Runden. Der Kampf läuft gut für dich. Mit der Auffassungsgabe und dem Interesse eines Heranwachsenden, lernst du deinen Gegner von Runde zu Runde besser kennen. Spielerisch entdeckst du seine Stärken und Schwächen. Und auch wenn du in den ersten Runden noch etwas unsicher bist, stärkt dich der Rückhalt deiner Trainer. Ihr unermüdliches Anfeuern zwischen den Gongs. Ihre aufmunternden Worte in den ruhigen Pausen. Saugst jegliche Information in dich auf, verarbeitest sie und machst sie zu einem Teil von dir.

Und von Mal zu Mal kannst du die Anweisungen deiner Trainer besser umsetzen. Entdeckst eigene Zusammenhänge zwischen den Worten. Schlägst neu erdachte Finten mit der Linken und lässt dann die Rechte auf deinen Gegner niedergehen. Weichst Angriffen immer geschickter aus, duckst dich spielend unter den Geraden hinweg und blockst jeden Schwinger mit jugendlicher Leichtigkeit. In Runde sechs strauchelst du kurz, als deine Trainer dir mehr Freiraum geben, dich mehr und mehr selbst entscheiden lassen welche Taktik du anwendest.

Es ist diese Freiheit, die dir Angst macht, dich unsicher werden lässt. Wie ein kleiner Junge am Tag der Einschulung, in der ersten Reihe der großen Aula sitzend. Nicht allein, aber allein fühlend. Deine Trainer weit von dir entfernt. Alles wirkt unbekannt. Du kannst dir die Tränen nicht verkneifen. Doch was hilft es jetzt? Du musst einfach weiter machen. Und dann schaffst du es. Ein Schlag, eine unachtsame Deckung deines Gegners und du triffst. Hart, gnadenlos. Die Masse jubelt. Und du merkst, dass du nicht gewöhnlich bist. Gewinnst immer mehr Vertrauen in deine Fähigkeiten. Es fühlt sich fast an, als hättest du neue Freunde gefunden. In den ersten Reihen sitzen sie und beobachten dich. Unweigerlich taucht in dir die Frage auf, wie lange sie dir noch zur Seite stehen werden. Ein paar Runden? Ein paar Jahre? Doch eigentlich interessiert das nicht. Sie sind *jetzt* da. Geben dir jetzt Unterstützung. Und diese

Unterstützung tut gut, denn sie leitet dich. Stützt dich. Du tänzelst durch die nächsten Runden wie ein junger, frisch entpuppter Schmetterling über eine herbstliche Wiese.

Doch dann passiert es. Irgendwann in Runde 15. Du hast den Schlag nicht kommen sehen. Es war einfach da, dieses benommene Gefühl. Ein dumpfer Aufprall und du liegst am Boden. Die Geräuschkulisse wieder gedämpft, kaum wahrnehmbar in deinen Ohren. Du liegst auf dem harten Holz und der Blick fällt in deine Ecke. Dort siehst du nur Entsetzen. Und als eine lähmende Taubheit sich in dir ausbreitet, du unfähig bist, dich zu bewegen, stellst du fest, dass sich etwas verändert hat – etwas ist anders in deiner Ringecke. Verschwunden ist einer deiner Trainer. Ohne Vorwarnung weggerissen von deiner Seite. Du fühlst dich, als wäre dir der Vater genommen. Aus deinem Leben gerissen. Zerfressen von einer lebenszerstörenden Krankheit, sinnlos dem Tod überantwortet, mit einer derartigen Absolutheit des Unumstößlichen, dass die Erschütterung darüber dich keinen klaren Gedanken mehr fassen lässt.

Doch du hast keine Zeit darüber nachzudenken, denn der Kampf geht weiter. Und noch während sich diejenigen im Publikum, die der Veränderung in deiner Ecke gewahr wurden, darüber wundern, dass du nicht zusammengekauert und weinend liegen bleibst, erhebst du dich, als wäre nichts geschehen. Du spürst nichts. Keinen Schmerz, kein Wackeln. Dafür sitzt der Schock zu tief. Du boxt die fünfzehnte Runde weiter. Mechanisch, wie du es gelernt hast. Und während die ewigen Minuten voranschreiten, und du versuchst das Unfassbare zu realisieren, rollen dir ein paar Tränen über das Gesicht. Doch nur ganz wenige der Zuschauer nehmen sie wahr, denn sie mischen sich mit den Schweißperlen, die dir von der Stirn kullern.

Deine stoische Haltung lässt das Publikum schnell vergessen, dass du noch vor wenigen Sekunden auf den Brettern lagst. Doch für dich hat sich alles geändert. Aber du zeigst es nicht. Jetzt kannst du dir keine Schwäche mehr erlauben. Nicht im Angesicht dieses Gegners. Dafür ist dieser Kampf zu wichtig. Und so lernst du, eine Maske aufzusetzen. Von Runde zu Runde immer mehr. Du kassierst einen Treffer, doch du zuckst nicht einmal. Den Cut über dem rechten Auge steckst du weg, als wär er nicht da. Du zeigst dich unverwundbar.

Und sich unverwundbar zeigen, wird ab dieser Runde zu einer deiner größten Stärken. Mit Leichtigkeit kaschierst du Unsicherheiten in der Schrittfolge. Wenn die rechte Hand zittert, schlägst du härter mit der Linken. Den Schmerz im Fuß, überspielst du mit einem verwirrenden Augenzwinkern, lenkst gekonnt die Aufmerksamkeit von deinen Schwächen ab. Bereits nach wenigen Runden hast du die Kunst perfektioniert, dein innerstes Selbst vor der Welt zu verstecken. Das Kind, das in den ersten Runden noch offen und naiv durch den Ring getapst ist, hast du ganz tief in dir verborgen. Bewacht, behütet. Als Ersatz für das, was du verloren hast, bist du jetzt selbst zum Trainer geworden. Und es ist dieses Kind, für das du die Maske aufsetzt, deine Seele vor der Welt versteckst, die Zähne zusammenbeißt und weiter kämpfst. Dieses Kind zu schützen, ist ab sofort das Wichtigste für dich. Dich selbst zu beschützen. Und so änderst du die Taktik. Mehr Deckung, weniger Offensive. Nur noch punktuelle Schläge, doch die sitzen. Präzise, unaufhaltsam. Und sie zeigen immer mehr Wirkung. Nicht nur körperlich. In den Augen deines Gegners erkennst du Respekt. Und das gefällt dir.

Dann, kurz darauf, erblickst du *sie* im Publikum. Zwischen den Anwesenden, die dir applaudieren, erscheint sie wie ein besonderer, einmaliger Glanz. Etwas vorher nicht Erlebtes. Sie jubelt dir zu, wie kein anderer es tut. Zwischen all den Menschen ist es ihr Blick, ihr Lächeln, das dir immer wieder Kraft gibt. Es ist, als wenn sie durch die unzähligen Masken sehen kann, die du aufgesetzt hast. Und so nimmst du ihre Energie und schlägst dich ausgelassen durch die nächsten Runden. Dein Gegner weicht mehr und mehr zurück. Beflügelt von deinen Erfolgen wirst du immer mutiger. Mal lässt du spielerisch die Deckung fallen. Mal rennst du fast in den offenen Schlag, nur, um dich kurz vor dem Einschlag gekonnt weg zu ducken. Es geht dir alles so leicht von der Hand. Die Masse grölt. Wie in Trance vernimmst du bewundernde Ausrufe aus allen Reihen. Sie halten dich für ein Ausnahmetalent. Doch eigentlich steckt dahinter nur harte Arbeit. Vor jeder Runde gehst du akribisch alles durch. Jeden zuvor gelandeten Treffer. Jedes Ausweichmanöver. Jeden Seitwärtsschritt. Du bist kein Talent, du arbeitest nur hart, denkst du. Und du hast eine Maske, die nach außen versteckt, wie hart alles für dich ist.

Denn du kämpfst diesen Kampf nicht für dich. Du kämpfst für sie – die Menschen im Publikum. Willst, dass sie stolz auf dich sind. Schwäche zeigen kommt für dich nicht in Frage. Nimmst jede Runde als weitere Trainingseinheit, gehst jedes Mal bis an deine Grenzen – mehr, noch mehr – eingehüllt in die wohltuenden Rufe des Publikums, die dein Ego streicheln, dir das Gefühl geben, nicht gewöhnlich zu sein. Wie eine Droge nimmst du diesen hilfreichen Klang in dich auf. Es scheint dir in den letzten Runden irgendetwas gefehlt zu haben. Und je stärker der Klang ertönt, desto stärker strengst du dich an. Entwickelst neue Finten, tänzelst ohne Schweißperlen durch den Ring. Erkennst, wohin dein Gegner schlagen will, noch bevor er es selbst weiß. Jetzt bist du wirklich unbezwingbar.

Und es geht auch nicht mehr darum zu gewinnen. Deinen Gegner hast du locker im Griff. Es geht darum zu begeistern. Es geht darum ihre Anerkennung zu bekommen. Die Anerkennung, die du so sehr brauchst und deshalb jeden einzelnen Klatscher, einer noch so winzigen Handfläche, wie ein Schwamm in dich aufsaugst.

Doch Stück für Stück verändert sich wieder etwas. Der Schwamm wird immer trockener. Die Zuschauermenge rast, doch du kannst es gar nicht richtig aufnehmen. Du hörst die Ausrufe nur noch wie durch in Watte gepackte Ohren. Sie werden immer leiser für dich, befriedigen nicht mehr deinen Drang nach Komplimenten und Bestätigung. Vielleicht sind sie gelangweilt? Hast du sie schon zu sehr beeindruckt? Sehen sie denn nicht, wie anstrengend alles für dich ist?

Also gibst du noch mehr. Versuchst, über deine körperlichen und geistigen Fähigkeiten hinaus, sie zu beeindrucken. Und punktuell funktioniert es. Der Schwamm wird leicht angefeuchtet, aber das war es dann auch schon. Doch das reicht nicht. Und du fängst an, dich in einer Spirale aus Anerkennung und Leistung zu drehen. Nach oben, immer treibender nach oben, bis du schließlich die Kontrolle verlierst und dich wie im Wahn weiter in die Höhe schraubst, gierig nach ihrem Lobesgesang und deiner eigenen Bestätigung.

Du wunderst dich ein weiteres Mal, warum du dich nicht ausgefüllt fühlst, und plötzlich erkennst du, dass du dich gänzlich in der Spirale geirrt hast, wie ein Schmetterling, der sich in den reißfesten Fäden eines klebrigen Spinnennetzes verfangen hat. Sie treibt dich nicht weiter nach oben, sondern zieht dich, wie ein maligner Sog, hinab in die von Wahnsinn zerfressene Tiefe. Die vereinzelten Jubelleien gehen im Getöse des Strudels unter. Verzweifelt versuchst du ihm entgegenzuwirken. Suchst nach einem rettenden Ast. Du suchst nach *ihr*. Ihren Augen, ihrem Lächeln. Das sind die Komplimente, die du jetzt benötigst. Wenn jemand sie dir geben kann, dann sie. Schließlich war sie die ganze Zeit an deiner Seite, hat dir am lautesten applaudiert, drang ihre Stimme immer am klarsten und kräftigsten an dein Ohr. Und dein Blick streift durch die Menge, die zunehmend an Bedeutung verliert. Du suchst ihren Platz, findest ihn - doch er ist leer.

Und es passiert, was passieren musste. Die Maske hält, doch die Seele bricht. Den Gong zur einunddreißigsten Runde bekommst du fast nicht mehr mit, als dich zeitgleich ein gewaltiger Schlag von den Beinen reißt. Es wird dunkel. Es wird still. Lähmendes Schwarz wird zu deiner Realität. Denken funktioniert nicht mehr. Wie paralysiert verharrst du in einer Schockhaltung auf dem Boden. Du versuchst zu begreifen, was im Moment noch unbegreiflich scheint. Die Anerkennung, die Beifallsstürme, sie sind zu einem belanglosen, unwichtigen Klumpen geschrumpft. Du fühlst dich ausgebrannt und leer. Findest keine Kraftreserven, die dir jetzt helfen könnten. Zu schonungslos bist du in den letzten Runden an deine Grenzen gegangen. Du fragst dich, wo sie steckt, warum sie gegangen ist.

Zaghaft öffnest du die Augen, in der Hoffnung, sie wäre wieder zu ihrem Platz zurückgekehrt. Doch du findest nur Leere. Aus der Ringecke hallen dumpfe Worte: »Tanz wie ein Schmetterling, stich wie eine Biene!«

Du fragst dich, wie das gehen soll mit gebrochenen Flügeln. Und gebrochenen Beinen, gebrochenen Rippen, gebrochener Seele und gebrochenem Herzen. Der Sog hat den Boden erreicht und erst jetzt, durch die abnorme Wucht des Aufpralls, wird dir klar, wie tief der Fall gewesen war.

Die nächsten Runden liegst du nur am Boden. Du bekommst nicht einmal mit, wie viele es sind. Zwei? Drei? Dein Gegner verhöhnt dich. Jedes Mal, wenn du versuchst, dich zu erheben, drückt er dich mit spielerischer Leichtigkeit nieder. Kein Gong erlöst dich. Denn dieser Kampf ist anders. Du versuchst es immer wieder, doch es gelingt dir nicht, deinen Körper nach oben zu stemmen. Irgendwann schaffst du es, dich wackelnd auf die Beinen zu stellen, nur um kurz danach wieder auf die Bretter zu gehen.

›Ein hoffnungsloses Spiel‹, schießt es dir durch den Kopf.

Du überlegst, ob du aufgeben sollst, doch das steht nicht zur Diskussion. Da draußen im Publikum, in deiner Ringecke, gibt es immer noch Menschen, die an dich glauben, selbst wenn du es nicht mehr tust. Und so liegst du einfach da, das Gesicht auf dem Boden, während dein Gegner triumphierend mit erdrückender Präsenz über dir steht, liegst weitere Runden und fragst dich, wie lange du noch kämpfen musst, wie lange dieser Kampf noch geht. Noch zehn Runden? Oder noch 20? Ist es vielleicht in Runde 47 vorbei? Ein klein wenig mehr? Oder wirst du gar Runde 83 erreichen? Spielt das eine Rolle? Kannst du es beeinflussen?

Dann hörst du die Glocke. Kling, Klong. Mit einem hellen Klang kündigt sich die nächste Runde an. In dir tut sich etwas. Noch immer sind die Knochen zerbrochen, die Seele zerfetzt, das Herz vernarbt. Aber tief in dir spürst du winzige, ängstliche Regungen. Und da horchst du hinein – tief in dich hinein – und siehst plötzlich einen kleinen Jungen mit unsicheren Augen. Weit in den entlegensten Winkeln deiner Empfindungen hatte er sich versteckt. Ängstlich eingeschlossen in einem großen Schrank, in die hinterste Ecke gekauert.

Wie konntest du ihn vergessen? War es nicht deine Aufgabe ihn zu beschützen? Dich selbst zu beschützen? Die belanglose Anerkennung wildfremder Menschen, die Suche nach Lob und Bewunderung, haben dich deine eigentlichen Aufgaben vergessen lassen. Jetzt steht er vor dir. Unsicher, verängstigt, aber nicht böse. Du nimmst ihn bei der Hand und merkst, dass du ihn genauso vermisst hast wie er dich.

Und dann stehst du auf. Erhebst dich, bedächtig aber bestimmt. Drückst Arme und Beine nach oben. Richtest dich langsam auf. Du blickst deinen Gegner an und erkennst in ihm beides - Leben und Tod. Zwei Gegner in einem vereint. Du siehst ihn an, gehst auf ihn zu und tust das Einzige, das du kannst… du kämpfst.

Spuren im Schnee

Die alten Dielen knarrten leise, als er durch das vom Kaminfeuer gewärmte Zimmer Richtung Ausgang schlich. Eine winzige Kerze erhellte ihm den Weg, obwohl er ihren Schein mit seiner Hand etwas einzudämmen versuchte, damit er keine Aufmerksamkeit erregte. Als er die Tür erreichte und nach der Klinke griff, hielt er noch einmal kurz inne. Für einen Moment war er versucht, sich umzudrehen, um noch einmal einen Blick von dem Raum zu ergattern, damit er ihn als Erinnerung abspeichern konnte. Doch er ahnte, wie schmerzlich diese Erinnerung sein würde und so drückte er die Klinke nach unten und trat ins Freie. Vor ihm lag die erstarrte Schneelandschaft, welche die unbarmherzige Januarkälte geschaffen hatte. Sogleich blies der wütende Nordwind die Kerze aus und ließ ihn im fahlen Mondlicht zurück. Doch es war, als würde er die schneidende Kälte nicht spüren, denn für einen zarten Augenblick verwandelte sich, vor seinem geistigen Auge, die vor ihm liegende Frostwiese in eine blühende, farbenprächtige Frühlingslandschaft. Menschen sprangen fröhlich lachend, verliebt über das volle Grün und tanzten unter den weißen Blüten der im Mai aufgehenden Kirschbäume. Blumensträuße wechselten die Besitzer. Manch Mädchen errötete, wenn man ihm den Hof machte.

Sein Gemüt fühlte sich froh und frei an, schwelgend in den Erinnerungen an jene Zeit.

Doch dann holte die Realität ihn wieder zurück in die Grausamkeit der Gegenwart, zog sich fest um das Herz und drückte gnadenlos zu. Leise und schwermütig, schloss er die Tür hinter sich. Trotz allem, wollte er niemanden im Haus wecken. Diesen Weg konnte er nur allein gehen. Er stellte die erloschene Kerze auf die eingeschneite Bank zu seiner rechten und trat in die verstörende Winterlandschaft hinaus. Stück für Stück hinterließ er seine Spuren in dem jungfräulichen Schnee. Die knirschenden Schritte waren das einzige Geräusch, das durch die Nacht hallte. Kein Lebewesen war zu sehen. Nicht einmal die Fährten von Rehen oder Hasen, die sonst in der Nähe des Hauses auf der Suche nach Futter umherstreiften, zeichneten sich auf dem verschneiten Boden ab. Einzig der Mond stand hoch und hell am sonst dunklen Firmament und schenkte ihm auf seiner Reise einen Begleiter, der vor ihn auf den Untergrund geworfen wurde. Er fühlte sich trotzdem allein, denn selbst der Schatten sah genauso niedergeschlagen und traurig aus wie er und schlurfte mit der gleichen depressiven Kraftlosigkeit Schritt um Schritt durch die frostige Nacht.

An der Bank, nicht weit vom Tor, auf der sie oft gesessen hatten, hielt er inne. Kurz flackerten noch einmal die glücklichen Bilder vergangener Frühlings- und Sommermonate auf und zauberten ein ungewolltes Lächeln auf sein Gesicht. Mit Wehmut im Herzen kniete er sich nieder, zog den dicken Lederhandschuh aus und zeichnete mit dem Zeigefinger tiefe Rillen in den Schnee. Als er fertig war, erhob er sich behutsam, streifte den Handschuh wieder über die vor Kälte schmerzende Hand, trat etwas zur Seite und betrachtete das Werk. Mit beinahe vernebeltem Blick schaute er auf den Boden hinab. Dort standen, wie zum Abschied, in großen Buchstaben, nur zwei einsame Worte: »Gute Nacht«.

Gerade da heulte der eisige Wind auf und begann ein wildes Spiel mit der Wetterfahne auf dem Dach des alten Fachwerkhauses. Von dem Geräusch des sich biegenden Metalls aufgeschreckt, drehte er sich ruckartig um. Bei dem Anblick stockte ihm beinahe der Atem. Im Fenster des obersten Zimmers war ein leichter Lichtschein zu sehen, der sich durch die geschlossenen Fensterläden quetschte. Jenes Zimmer, welches er sich bis vor Kurzem noch mit ihr geteilt hatte. Von schmerzhaftem Wahnsinn befallen, unfähig sich zu rühren, starrte er gebannt auf den eckigen, leuchtenden Fleck in der Fassade des Hauses. Als könnte die finstere Nacht in seine Seele blicken, verstärkte sich die Kraft der unbändigen Naturgewalt immer mehr und schlug mit eisiger Wut und Verzweiflung um sich. Gleich den Empfindungen in seiner Brust, brüllte ein tosendes Geheul und fegte die Stille hinfort. Schnee stob vom Boden empor und vermischte sich mit Flocken, die garstig zu Boden stürzten. Der metallene Hahn wechselte, in beinahe irrsinnigem Treiben, ständig die Richtung, schlug nach links, rechts, drehte sich im Kreis. Fast hätte es ihn aus der Verankerung gerissen, da entschied sich der Luftstrom, nur noch aus einer Richtung zu blasen. In dieser Sekunde erstarb auch der Lichtschein aus dem Zimmer, ließ es zurück in dem toten und kalten Zustand, in dem es eigentlich hätte sein sollen und weckte ihn aus seiner Lethargie. Wie der Verkünder einer längst erahnten Vorhersehung deutete die Wetterfahne in nur eine Richtung. Sie zeigte weg. Weg von dem Haus. Weg von der Vergangenheit.

Mit beinahe geschlossenen Augen durchschritt er das Tor und lies sich von der Wucht des Windes im Rücken vorantreiben. Fast war es, als laufe er nicht aus eigener Kraft. Sein Herz war so aufgewühlt, dass er ohne den Luftstrom im Rücken vermutlich keinen Willen hätte entwickeln können, um einen Fuß vor den anderen zu setzen. Doch so ließ er sich immer weiter vorantreiben. Gepeitscht von dem Schmerz der Vergangenheit. Gejagt von den Gespenstern, die um seinen Geist schwebten und ihn immer wieder mit peinigenden Gedanken fütterten, um sich von seinen Qualen zu ernähren.

Vor der beißenden Kälte fliehend, wankte er gedankenversunken in das Wäldchen, welches sich in der Nähe des einsamen Grundstückes befand. Als würde der Sturm ihn nicht ziehen lassen wollen, intensivierte er noch einmal sein Werk. Kaum noch war die Hand vor Augen zu sehen. Er suchte hinter dem nächstgelegenen Baum Schutz und lehnte sich gegen den Stamm. Der Orkan blies nun rechts und links an ihm vorbei, was das bedrohliche Heulen noch verstärkte.

Bald darauf ließ die Kälte allmählich nach.

Da merkte er, dass Tränen über das Gesicht flossen. Wie lange er schon weinte, vermochte er nicht zu sagen. Womöglich tat er es schon die ganze Zeit und die Abwesenheit des eisigen Windes hatte nun die gefrorenen Tränen zum Tauen gebracht. Unablässig liefen sie ihm über die Wangen, fast so, als eilten sie zur Körpermitte, um dort mit ihrer Wärme den Klumpen aufzutauen, der so schwer in der Brust lag. Doch in dieser bitterkalten Welt schmolz nichts dahin.

Nach einer Weile schien der Sturmwind seine Lust an dem Geplagten zu verlieren und stellte das tobende Spiel ein. Die Flocken flogen nun nicht mehr in bedrohlichem Chaos durch die Welt, sondern segelten fast sanftmütig in ruhiger Gelassenheit zu Boden. Das sich immer weiter entfernende Gebrüll der Winde legte sich langsam und stellte sich alsdann vollständig ein. Zurück blieb eine unberührte Winterlandschaft. Selbst die Spuren, die er auf dem kurzen Weg vom Hause aus hinterlassen hatte, waren vollständig von frischem Schnee bedeckt und verbargen das Zeugnis seiner schwindelnden

Flucht. So, als hätte es weder ihn noch sein Leid gegeben, lag die Wiese hinter ihm in glattgefegtem Weiß.

Da entdeckte er den Trampelpfad, der sich zwischen kargen, knochigen Sträuchern einen Weg durch den Wald bahnte. Eigentlich konnte man den, von leichtem Eis überzogenen, Weg im besten Fall nur erahnen. Ein anderer Wanderer hätte ihn vermutlich nicht wahrgenommen. Doch er kannte diesen Weg. Kannte jede Windung. Oft war er mit *ihr* Arm in Arm, in der Mitte des vergangenen Jahres, diesem Pfad gefolgt. Sie hatten gescherzt und gelacht und waren mit der Leichtigkeit verliebter Herzen durch die warme Sommerwelt gegangen. Doch ebenso, wie die jüngsten Spuren von dem Flockenspiel ausgelöscht worden waren, zeichnete sich jetzt auf dem schmalen Weg keine Erinnerung mehr an diese fröhliche Zeit ab.

Wie anders er doch nun aussah. Kein Blatt hing an Baum oder Strauch. Das Grün der Gräser war versteckt unter einer weißen Decke. Jegliche Blüte bereits vor geraumer Zeit entschwunden. Die Farbenvielfalt gänzlich ausgeblichen. Nirgends war fröhlicher Vogelgesang zu vernehmen. Das Lachen, mit dem sie die Welt erhellt hatte, war erstorben und hatte nicht einmal ein Echo zurückgelassen. Ganz so, wie die Farben und das Lachen aus seinem Herzen verschwunden waren, lag der Weg nun brach und tot vor ihm.

Doch tief in der Brust bewahrte er das Bild an diese lebendige Erinnerung auf. Wie ein selbstgeißelndes

Mahnbild für den Wandel von Zeit und Gefühlen. Und auch wenn es nur eine erstarrte Momentaufnahme war, gebannt in wütendem Eis aus Schmerz und Zorn, so regte sich doch die Hoffnung in ihm, dass es eines Tages gelänge, einen neuen wärmenden Schimmer zu finden. Dann würde das unter dem Eis verzerrte Bild dahinschmelzen und den Platz frei geben für schöne, neue Erfahrungen – eines Tages.

Er zog den Kragen der Jacke fester zusammen, und ohne sich ein letztes Mal umzudrehen, schritt er den schmalen Weg entlang in die Dunkelheit.

Als er aus dem Wald trat, stand der Mond hoch am Himmel. Der Wind blies nun wieder energischer und als er den Schutz der Bäume verließ, hätte um ein Haar eine Böe den Hut vom Kopf gefegt. Bis jetzt hatte der unverzweigte Trampelpfad ihm den Weg gewiesen. Doch nun stand er am Rande des Städtchens, in dem er gelebt hatte, und war frei in der Entscheidung, wohin er gehen könne.

Es packte ihn die Unsicherheit und er begann zum ersten Mal über seine Flucht nachzudenken. Was tat er hier eigentlich? Wo sollte er hin? Welche Richtung sollte er einschlagen? Der Schmerz und die Erniedrigung waren ein starker Antrieb gewesen, die ihn weg von dem Haus seiner Pein schoben. Doch hier, am Rande seiner Heimat, zog die Kälte jede Wärme aus dem Leib und hinterließ Unentschlossenheit und Zweifel.

Da erblickte er neben einem alten Brunnen etwas, was ein wenig Freude auf das von Trauer gezeichnete Gesicht huschen ließ. Es war eine alte Linde, die er schon in Kindertagen gekannt hatte. Sie war für ihn immer ein magischer Baum gewesen. In ihrem Schatten hatte er so manchen Tagtraum geträumt und Pläne geschmiedet, und in ebendiesem Schatten hatte er auch oft gelegen, wenn einer dieser Pläne nicht gelang oder er aus anderem Grund einen ruhigen, friedvollen Ort gesucht hatte. Jetzt stand sie da. Groß und stolz, der eisigen Kälte trotzend. Wie ein alter, weiser Freund schien sie ihre Arme auszubreiten und zu rufen: »Komm her. Ich bin für dich da.«

Zögernd schlurfte er zu dem alten Baum herüber und setzte sich auf die eingeschneite Bank neben dem Brunnen. Der gewaltige Stamm strahlte eine tröstende Ruhe aus und linderte für einen kurzen Zeitraum sein Leid, ließ ihn die jüngsten Ereignisse vergessen und in Gedanken weit zurück in glücklichere Tage reisen. Dort verweilte er für mehrere Minuten, eingehüllt wie ein Kind in die Decke der Sorglosigkeit, und nahm nichts von der Umwelt war. Doch der Friede dauerte nur so lange, bis sein schweifender Blick kantige, geschnitzte Buchstaben in der Rinde des Baumes entdeckte. Zwei Namen, von einem Herz umrahmt, wühlten alles wieder auf. Brachten wieder ihr Gesicht zum Vorschein, die Erinnerung daran, wie es ihn angesehen hatte, als er am gestrigen Abend nach Hause kam, fröhlich und voll

Vorfreude auf ihre Umarmung. Doch er hatte keine Wärme und Herzlichkeit gefunden, sondern nur ausweichende, schuldbewusste Blicke. Und noch ehe sie die Worte gesprochen hatte, wusste er, was sie sagen würde und das Herz zerbarst. Immer und immer wieder spukte ihr Anblick an jenem Abend durch den Kopf und er konnte nichts gegen die warme Wasserflut unternehmen, die über die Wangen lief.

Er sprang von der Bank auf und rannte los. Rannte einfach in die Nacht hinein, das Städtchen hinter sich lassend. Mit langen Schritten stürmte er durch die weite Flur. Tiefe, langgezogene Fußabdrücke hinterließ er dabei in dem frischen Schnee. Unbewusst rannte er entlang des gefrorenen Bächleins, das von den Bergen durch die Stadt und weiter hinaus führte. Hier und da schlug er gegen einen, unter der Schneedecke verborgenen, Stein. Doch das spürte er gar nicht. Sein Blick war einzig nach vorne gerichtet. So merkte er auch nicht, wie er auf dem rutschigen Eis den Halt verlor. Erst als der Kopf auf den Boden schlug, fand das hastige Entkommen ein abruptes Ende.

Benommen und völlig außer Atem blieb er liegen. Er konnte nicht genau sagen, wie lange er so gelegen hatte. Irgendwann musste ein leichter Schneefall eingesetzt haben und hatte ihn mit einer zarten Decke versehen. Langsam versuchte er sich zu erheben. Sein Kopf schmerzte. Die rechte Schulter auch. Er begann sich zu orientieren, doch der Blick war verschwommen und er konnte nur langsam wieder Formen und Farben zu erkennbaren Gebilden zusammensetzen. So entschied er vorerst, auf alle Viere gestützt, auf dem Boden zu verharren. Den Blick nach unten gerichtet, bemerkte er plötzlich ein Gebilde, welches ihm seltsam vertraut vorkam. Es lag rund und gelb leuchtend direkt vor ihm am Boden und schien ihn freundlich anzulächeln. Da erkannte er, dass er mitten auf dem zugefrorenen Fluss kniete, welcher im Sommer immer reißend gen Tal strömte. Nun lag er erstarrt und bewegungslos da. Fast so wie er selbst. Die Körperwärme musste das Eis angeschmolzen haben und hinterließ eine spiegelnde Oberfläche.

Neben dem Gesicht des Mondes, entdeckte er noch ein weiteres Antlitz. Ob seiner Benommenheit, brauchte er etwas, um zu erkennen, dass es sich dabei um sein eigenes Abbild handelte. Er wünschte, er hätte sich nicht erkannt. Angetrocknetes Blut schlängelte sich, von der Wunde an dem rechten Auge, die Wange hinunter. Falten gruben sich durch die Haut, die eigentlich noch recht jung hätte sein müssen und ließen ihn Jahre älter erscheinen. Doch das Schlimmste waren die Augen. Diese todtraurigen Augen, aus denen jegliche Freude entschwunden war. Er versuchte, den Blick abzuwenden, um diese armselige Kreatur nicht weiter ansehen zu müssen, doch es gelang ihm nicht. Als wäre es unter der dichten Eisschicht des Flusses begraben, sah das Wesen hilfesuchend zu ihm herauf, so als wolle es rufen: »Befreie mich von meiner Last!«

Doch das konnte er nicht. Denn es war seine eigene Last und sie lag schwer und unnachgiebig auf ihm. Da löste eine Träne die Erstarrung und es gelang ihm, sich von seinem trostlosen Abbild loszureißen. Er blickte auf und sah in der Ferne ein schwaches Licht. Es flackerte und schien auf seltsame Weise zu tanzen und zu locken. Wie magisch davon angezogen, erhob er sich und wankte über das knackende Eis.

Das linkes Knie schmerzte und mit leichtem Humpeln ging er auf das Licht zu. Eine Wolke hatte sich vor den Mond geschoben, und so war das Flackern in der Ferne noch besser zu erkennen. Er fühlte sich unweigerlich an den Tag erinnert, als er sie das erste Mal gesehen hatte. Auf ähnliche Weise hatte sie ihn verzaubert. Unfähig den Blick von ihr zu lassen, war er schrittweise auf sie zugegangen. Sie hatte ihn mit ihren tiefen großen Augen, die eine unwiderstehliche Anziehung auf ihn ausübten, in ihren Bann gezogen. Die langen Haare, die von den erfrischenden Frühlingswinden umspielt wurden, das leichte Kleid, das zu den warmen Temperaturen passte, alles erschien ihm damals makellos an ihr.

In ebensolcher Makellosigkeit strahlte nun das Licht, in kontinuierlich kleiner werdender Ferne. Das Eis knirschte immer lauter unter den Füßen und obschon er wusste, dass der Fluss sehr tief war, kümmerte ihn das drohende Geräusch nicht. Die Angst um sein eigenes Heil hatte er hinter sich gelassen und er konzentrierte sich nur noch auf das verführerische Spiel des Irrlichtes.

Kurz bevor er das Ufer erreichte, hielt das Eis seinem Gewicht nicht mehr stand und er brach ein. Glücklicherweise war an dieser Stelle das Gewässer nicht mehr tief und ein Schuh versank nur wenige Zentimeter unter der dünnen Eisdecke. Es war das Bein, an welchem er sich das Knie verletzt hatte und es schoss ein stechender Schmerz durch seinen Körper. Den Aufschrei unterdrückend, kam ihm auf seltsame Weise der Stich wie eine willkommene Abwechslung zu den seelischen Qualen vor. Er zog den Fuß aus dem eiskalten Wasser und betrat das Ufer. Als er den Blick hob, waren das Licht und die flackernde Verlockung verschwunden. Wie so oft in seinem Leben, hatten sich die Hoffnungsschimmer aufgelöst, bevor er sie erreichen konnte.

Es war recht dunkel, denn die Wolke hatte den Mond noch immer nicht freigegeben, doch unweit der Stelle, an der der verführerische Schein geleuchtet hatte, konnte er schemenhaft ein Gebilde ausmachen. Als er näher trat, erkannte er ein zeltförmiges Objekt, erbaut aus langen, dünnen Holzstämmen, die vom Boden aus kegelförmig zu einer Spitze zusammenliefen. Die Ränder und der rechteckige Eingang waren leicht von Moos bewachsen. In der Luft lag der Geruch von verbranntem Holz und Kohle. Unwirklich stand es in dieser naturbelassenen Einöde. Hoffnung schenkend und doch seltsam beängstigend, hätte er doch ein solches Gebilde nicht erwartet. Es war eine alte, längst aufgegebene und verwitterte Köhlerhütte, die einladend vor ihm stand und zu dieser nächtlichen Stunde einen willkommenen Unterschlupf anbot.

Da merkte er erst, wie müde und erschöpft er war. Die ruhelose Hast durch die Nacht forderte ihren Tribut. Wangen und Nasenspitze waren gerötet von den eisigen, schonungslosen Temperaturen. Der schneidende Wind hatte die spröden Lippen aufgerissen und dünne, schmerzhafte Furchen hinterlassen. Winzige Kristalle zeichneten sich auf den Wimpern ab. Kälte zog vom durchnässten Schuh durch die klammen Kleider und stieg als eisig krauchender Eindringling, fordernd und besitzeinnehmend, in den ausgezerrten Körper. Er fröstelte.

Verwundert stand er vor der ehemaligen Unterkunft, die in vergangener Zeit manch einem Wanderer, in solch einer oder ähnlicher Nacht, Schutz vor den Umtrieben des Wetters geboten hatte. Sollte das Schicksal ihn in seinem unergründlichen Spiel zu seinem Wohle hierher gelockt haben?

Schwach und hungrig schleppte er sich in die Hütte und legte sich auf ein paar alte, löchrige Matten aus muffigem Stroh, die nur wenig Schutz vor dem harten, gefrorenen Boden boten. Die Glieder schmerzten. Die Wunde am Kopf pochte im Rhythmus des galoppierenden Pulses. Er atmete tief und schwer. Immer wieder zuckten Bilder durch seine Gedanken, die schmerzhafte Erinnerungen auslösten und garstige Stiche im Herzen verursachten. Jedoch schlimmer als der körperliche Schmerz, war die Pein der Seele. Sein Knie würde wieder heilen, das wusste er gewiss. Bei seinem Herzen war er sich nicht so sicher. Manche Risse in der Stofflichkeit der Seele gehen so tief, dass nichts sie jemals wieder vollständig zu flicken vermag. Sie werden zu verderbte Narben auf der glatten Oberfläche des Seins, die jeder Zeit wieder aufzureißen drohen.

Kraftlos versuchte er die Augen offen zu halten, bis schließlich die Müdigkeit siegte und ihm die Lider zufielen. Er war so erschöpft, dass ihn nicht einmal die Angst zu erfrieren davon abhielt, in einen tiefen Schlaf zu fallen.

Die wilden Gedanken zuckten auch noch, als die Dunkelheit ihn umgab und formten einen rasenden Traum voll von unwirklichen Fantastereien. Galoppierend und zielgerichtet sprang er an jene Stelle, an der auf dem Fluss die Gedanken abgerissen waren, kurz nachdem die flackernde Erscheinung ihn an das schönste Gesicht erinnerte, welches sich in der Gesamtheit seiner Existenz in seinem Geiste verankern konnte. Es war der Tag des großen Maienfestes, an dem er sie zum ersten Mal gesehen hatte. Die fröhlichen Menschen tanzten, beinahe schwebend, um ihn herum. Wie Schnee flogen die Blüten der Kirschbäume umher und bedeckten den grünen Rasen mit einem samtigen Teppich aus rosafarbenen Flocken.

Als er *sie* sah, blieb er regungslos stehen. Unfähig, sich zu rühren oder den Blick von ihrer einzigartigen Schönheit abzuwenden, waren seine Glieder wie gelähmt, aus Angst, auch nur der Hauch einer Bewegung könnte dieses Zauberwesen verscheuchen und für immer aus seiner Welt entschwinden lassen. Doch in seinen Träumen musste er sich auch nicht bewegen. Wie von Geisterhand umspielten ihn plötzlich die umherfliegenden Blüten, tanzten hier und da, wurden immer dichter und hoben ihn schließlich sanft an. Auf dieser luftigen Sänfte aus farbigem Blattwerk, wurde er direkt zu ihr getragen. Zu dem vollen Haar, den funkelnden Augen, dem liebreizenden Lächeln, welches ihm sogleich in Gänze den Atmen nahm.

Ohne ein Wort zu sagen, schwebte er zu ihr und als er sie erreichte, nahm sie ihn lächelnd in den Arm. Aufregung und Freude vermischten sich zu einem einzigartigen, ihm bis dahin unbekannten Gefühl der Erfüllung und Heiterkeit. Und dann tanzten sie. Tanzten erst über die farbenprächtige Flur zwischen den traumhaften Bäumen hin und her, umschlängelten die lieblichen Blumen, sprangen zwischen den Gräsern umher, bis die Blütenpracht sich schlussendlich um ihre Füße legte und sie in ihren beschwingten Bewegungen zärtlich anhob.

Schwebend verließen sie den Boden, sich immer noch fest im Arm haltend. Höher und höher trieben sie. Ihre Sohlen berührten alsbald leicht die Wipfel der Bäume. Doch all das merkten sie nicht, denn ihre Augen sahen nur einander. Bis hoch in die Wolken trug sie des Blätterwerks unsichtbare Hand. Mit der Leichtigkeit der jungen Liebe, sprangen sie dort durch die watteweiche Unbeschwertheit der himmelblauen Wolkenwelt. Stunden um Stunden vergingen. Vielleicht waren es auch Tage. Keiner von beiden verspürte Hunger oder Durst, sehnte sich nach Schlaf oder Ruhe. In dieser perfekten Illusion zählte all das nicht. Es war die vollkommene Schönheit eines unendlich unbeschwerten Seins.

Doch als sie am höchsten Punkt der emotionellen Ekstase ankamen, verfinsterten sich die Wolken. Kreischender Wind zog auf. Todesdrohende Blitze durchzuckten das Gestirn. Der friedliche Reigen mutierte zu einem unkontrollierten Treiben im unbändig grausamen Willen des Schicksals. Unfähig die eigenen Körper zu kontrollieren, rasten sie durch das dunkle, schreckliche Nichts, immer weiter gen Boden.

Den Aufprall spürte er nicht. Möglicherweise gab es auch keinen. Irgendwann wurde es einfach nur still und er saß in absoluter Dunkelheit. Zeit und Raum hatten ihre Bedeutung verloren, bis die Finsternis sich allmählich in dunstartige Nebelschwaden umformte und kontinuierlich der von außen eindringenden Helligkeit wich. Alles war still. Kein Vogel sang, kein frühlingshaftes

Lüftchen wehte. Die wenigen verbliebenen, verwelkten Blätter an den Bäumen hatten aufgehört zu rascheln. So hockte er auf der vertrockneten Erde, um ihn herum tiefschwarzes, verbranntes Gras. Auf seinem Schoß lag sie, die Kleider zerrissen, die Augen geschlossen. Die Arme hingen schlaff vom leblosen Körper herab. Fassungslos blickten traurigen Augen auf die gestorbene Liebe. Gleich seiner Realität, hatte sich der zauberhafte Traum in einem Sekundenbruchteil in ein alptraumhaftes Leiden, nicht rückgängig zu machender, seelenzerreißender Wahrheiten verwandelt.

Mit einem Schrei wachte er auf. Sein Körper war schweißgebadet. Die einfache Strohmatte, mit der er sich zugedeckt hatte, war mit frischem Reif überzogen. Er konnte die steifen und gefrorenen Glieder kaum bewegen. Die löchrige Hütte hatte nur wenig Schutz vor der Kälte geboten. Vorsichtig richtete er sich auf und versuchte den bösen Traum abzustreifen. Hilflosigkeit und Trauer machten sich wieder in ihm breit und nährten die schier unendliche Einsamkeit seines trostlosen Seins. Er hätte jetzt gerne wieder weinen wollen, doch selbst dafür waren ihm keine Kraftreserven geblieben. So schloss er nur die Augen und bedeckte das verzerrte Gesicht mit den eisigen Händen. Erst als etwas Warmes auf seine geschundenen Hände fiel, blickte er wieder auf. Es waren die ersten Strahlen der morgendlichen Sonne, welche anfingen die eisige Welt zu erwärmen. In ihm regte sich etwas. Er wusste nicht, ob es gut oder schlecht war. Ob er diesem Gefühl trauen konnte oder nicht. Doch ein innerer Drang trieb ihn nach oben, vorwärts, hinaus.

Mühsam stand er auf und trat vor die Köhlerhütte. In der Nacht hatte es geschneit und als wenn sich die Sphären seines Traumes einen Weg in die Wirklichkeit gebahnt hatten, lag die Welt erstorben, karg und leer vor ihm. Noch immer, halb zwischen Traum und Realität gefangen, wankte er taumelnd durch die windlose Landschaft, einem unbestimmbaren Sog folgend. Irgendwo in der Ferne krähte ein Hahn. Der Morgen war angebrochen und er wieder auf seiner Reise.

Da durchbrach ein Posthorn die Stille. Unnah, aber doch klar hörbar. Er mochte den Klang. Ein schriller, künstlicher Ton in dieser naturbelassenen Einöde, der an seiner Einsamkeit rüttelte. Irgendwo da draußen, zu dieser frühen, unbarmherzigen Stunde, musste ein anderer Mensch sein. Den Fuß nachziehend, richtete sich sein Gang hin zu dem wieder ertönenden Laut. In der Weite sah er schemenhaft die Quelle des Lautes und das Herz füllte sich mit Erinnerungen an all die schönen Briefe, die er geschrieben hatte, als noch der Sommer die Lande mit belebender Wärme durchzogen hatte. Er ging zu dem, was er für die Straße hielt. Unter dem hohen, frischen Schnee, lag sie unsichtbar verborgen, doch anhand der Lindenbäume, die rechts und links von ihr Spalier standen, konnte er ihren Lauf erahnen.

Der Postwagen kam immer näher und noch hatte er die Straße nicht erreicht. Er war gezeichnet von der letzten Nacht. Sollte er einfach mit auf den Wagen springen und sich in das nächstbeste Wirtshaus fahren lassen? Ein warmes Bett für die Nacht? Ein kräftigendes Essen für den ausgelaugten Leib?

Der Wagen näherte sich immer schneller dem Punkt, an dem er ihn erreichen wollte, doch die Lindenbäume waren noch viel zu weit entfernt. Er musste auf sich aufmerksam machen. Eventuell würde der Kutscher halten und auf ihn warten. Doch obwohl er noch des Gehens mächtig war, gelang es ihm nicht, die Hand zum Gruß zu heben, so schwach war er. Manchmal ist es die Schwäche der Seele, die dem Körper die Kraft für bestimmte Taten nimmt.

So fuhr der Wagen an ihm vorbei. Er wusste nicht, ob der Kutscher ihn wahrgenommen hatte. Wahrscheinlich hatte er ihn nur für einen Landstreicher gehalten. Und war er das denn nicht auch, selbst wenn sein Weg erst ein kurzer war? Ein Landstreicher auf Irrwegen durch die Trostlosigkeit seines Lebens?

Als er die Straße erreichte, war der gelbe Kutschkasten schon wieder zu einem kleinen Punkt geworden. Er sah ihm nach und verstand kurz darauf, warum er so manisch dem Klang gefolgt war. Das Gespann brachte jeden Morgen die Post in das Dorf, in dem in der letzten Nacht die Reise begonnen hatte. Einer Verlockung gleich, hatte ihm das Schicksal wohl diese letzte Prüfung auferlegt, um zu sehen, ob es in ihm noch einen Funken gab, der zurück sich sehnte. Wie ein Brief von außerhalb, zurückgetragen zu seinem Bestimmungsort. Seine Bestimmung, die lag woanders. Die Entscheidung war getroffen. Er drehte sich um und ließ das Gespann hinter sich.

Müde setze er den Weg in den Tag fort. Die Bäume zu beiden Seiten standen wie unzählige Henker, bedrohlich auf ihn nieder blickend. Gleich einem Todgeweihten, auf ein letztes Ziel zusteuernd, halb im Traum, halb im Fieberwahn, zog er den Pfad verfolgend voran.

Ein alter Hase hoppelte plötzlich auf die schneebedeckte Allee, blieb kurz stehen und sah den Wanderer verwundert an. Er wollte das Tier nicht erschrecken und blieb ebenfalls sogleich stehen. Es sah alt aus und hatte wohl nicht mehr viele Sonnenaufgänge vor sich. Doch trotzdem konnte er sich des Gedankens nicht erwehren, dass dieses kleine Wesen ein glückliches, gar friedvolles Leben gehabt haben musste. Er konnte nicht erklären wie er zu diesem Gedanken kam, aber eine Aura des Glücklichseins umgab das pelzige Ding vor ihm. Nicht einmal, als er sich dem Tier näherte und das vom Alter gezeichnete Fell und die schlappen Ohren sah, überkam ihn der Gedanke, dass sein Gegenüber von Sorge und Leid geplagt sei.

Schließlich war er dem Tier so nahe, dass er sein Spiegelbild in den Augen des Langohrs erblicken konnte, und dort sah er, wie der Schnee sein Haupt bedeckt und das Haar kreideweiß gefärbt hatte. Er sah müde Augen und erkannte das Gesicht, welches er schon am Vorabend auf dem Fluss gesehen hatte. Es sah nun noch erbärmlicher aus. Er wischte den Schnee vom Kopf, legte die schwarzen Haare wieder frei und brachte das spiegelnde Abbild in den glasklaren Augen näher an sein wirkliches Alter. Gleich in diesem Augenblick wünschte er sich den greisen Kopf zurück, denn ihm wurde klar, dass er noch etliche Jahre diese Welt zu durchwandern hatte, bis die letzte Ruhe ihn umgeben würde. Und er war jetzt schon so unendlich müde. Denn im Gegensatz zu seinem Erscheinungsbild, war seine Seele der Alterung um Jahrzehnte voraus. Geschunden und vernarbt durch emotionale Niederlagen und der Unfähigkeit sich der Grausamkeit des Lebens entgegenstellen zu können.

Kaum bemerkte er, wie der Hase weiter hoppelte. Das ruhige Tier wollte sich wohl nicht auf seine letzten Tage die Welt von der Aura eines Todessehnsüchtigen verderben lassen.

Bei diesem Gedanken zog ein flüchtiger Schatten über seinen Kopf hinweg. Kurz, aber doch dunkel und bedrohlich. Er zitterte. Kaum wollte er ihn als Gespinst eines verwirrten Wanderers abtun, da zog der Schatten ein weiteres Mal über ihn hinweg. Wieder stellten sich ihm die Nackenhaare auf. Eine sich instinktiv ausbreitende Angst bemächtigte sich seiner und so sah er nicht nach oben, sondern senkte den Blick weiter auf den kühlen Boden. Langsamen Schrittes ging er vorwärts, innerlich hoffend, die Bedrohung würde ihm nicht folgen. Doch bereits nachdem er einige wenige Sekunden gelaufen war, spürte er wieder die sich von hinten nähernde Kälte, welche eine drohende Gefahr ankündigte. Kurz darauf erschien der Schatten ein weiteres Mal, vollzog wenige Meter vor ihm seine Bahn und drehte dann schließlich nach rechts ab, um dann wieder aus dem Sichtfeld zu entschwinden. Zunehmend ängstlicher beschleunigte er seinen Lauf. Aber der Verfolger ließ sich nicht abschütteln. Es war ihm, als wolle das Unheil ihn von hinten packen und er zog den Hals tief in den Kragen, während er immer schneller lief. So schnell, wie die entkräfteten und zitternden Beine es erlaubten. Doch die Flucht war aussichtslos. Denn es war das Schicksal, das ihn jagte und egal wie schnell er rannte, er würde ihm niemals entkommen.

Entferntes Hundebellen drang an sein Ohr, böse und hetzend. Er kam sich vor wie bei einer Treibjagd. Gejagt von seiner Vergangenheit, von seinen Gefühlen, von seiner peinigenden Last. Flucht war von je her sein erster Reflex auf schmerzhafte oder bedrohliche Veränderung gewesen. Rückzug, ein Versteck suchen, Ruhe finden. Doch in der kargen, abgelegenen Winterlandschaft, auf der einsamen Straße, gab es keine Zuflucht. Wie lange würden die Beine ihn noch tragen können? Es war zu spät, um umzukehren. Er wollte nicht wieder dorthin zurück, von wo er kam. Aber es war nicht zu spät sich diesem Verfolger zu stellen. Ein letztes Mal wollte er dem entgegentreten, was ihn jagte. Ein letzter Kampf, bevor er nicht mehr die Kraft zum Kämpfen hätte. Entschlossen blieb er stehen und schloss die Augen.

Er sammelte seinen verbliebenen Mut, atme tief ein und öffnete die Augen wieder. Gerade als er sich umdrehen wollte, hörte er gedämpften Flügelschlag, dessen Intensität mit einem immer größer werdenden Schatten zunahm, bis schließlich der Verfolger dicht über seinen Kopf flog und auf einem nahe stehenden Schild landete. Es war eine Krähe, tiefschwarz, mit Augen, welche schienen, als hätten sie die Unendlichkeit gesehen. Sie sah ihn an. Sah bis in seine Seele und er spürte, dass sie ihm nichts Böses wollte.
Als er jung war, hatte er stets Angst vor Krähen gehabt. Man hatte ihm erzählt, dass Krähen die Sterbenden erwählen und ihre Seelen in das Totenreich geleiten. Jedes Mal, wenn er einen dieser schwarzen Vögel erblickt hatte, versteckte er sich, da er fürchtete, er wolle ihn holen. Doch jetzt spürte er dieses Grauen nicht. Ganz im Gegenteil. Er betrachtete die Krähe neugierig und fühlte eine starke Verbundenheit mit ihr. Das wunderschöne, glatte Federkleid sah prächtig aus. Glänzend und edel herausgeputzt, wie zu einem großen Fest.

Möglicherweise bildete er es sich nur ein, aber es kam ihm vor, als würde sie lächeln. Sanft und gutmütig. Wie ein wissender Begleiter für eine letzte Reise.

Da pickte sie mit ihrem Schnabel auf das Schild unter den kräftigen Krallen und er bemerkte, dass sie auf einem Wegweiser saß. Aber es war kein gewöhnlicher Wegweiser, denn er zeigte in nur eine Richtung, und auf dem verwitterten Holz tanzten leuchtende Buchstaben. Er war bereits nicht mehr bei klarem Verstand. Heftige Fieberschübe durchzogen seinen Körper. Der Wahn hatte angefangen, ihn in einer eigenen Welt einzuschließen. In dieser Welt formten die tänzelnden Zeichen nun ein einzelnes Wort. Es war kein Wort, das er lesen konnte, noch seine Aussprache verstand. Die Sprache war ihm gänzlich unbekannt. Und doch wusste er, dass der Inhalt für ihn bestimmt war. Egal wohin der Wegweiser zeigte, dort würde sein Ziel liegen, seine Reise ein Ende finden.

Er sah wieder hinauf zur Krähe. Ja, sie lächelte. Sie blickte zu dem entfernten Punkt, auf den das Schild deutete, so als wollte sie den Pfad bestätigen. Und einzig in seinem Kopf hörbar, fügte eine helle und reine Stimme hinzu: »Dort findest du deine Ruh.«

Die Krähe erhob sich und flog los. Neuen Mut schöpfend, folgte er ihr und den Weisungen des Schildes. Schmerzen spürte er nicht mehr. Der feste, hohe Schnee um seine Füße bereitete ihm keine Probleme.

Ihm war, als würde er schweben. Eine belebende Leichtigkeit durchdrang ihn. Vor wenigen Stunden war er planlos davon gestürmt. Jetzt hatte er endlich ein Ziel. Unbekannt und doch ganz klar vorherbestimmt.

Die Krähe kreiste immer dicht über ihm, damit er die Richtung nicht verliere, bis sie sich irgendwann auf ein großes Tor setzte. Es war kunstvoll geschwungen mit zahlreichen Verzierungen. Zu beiden Seiten zog sich ein nicht weniger kunstreicher Zaun, dessen zierliches Metallgestänge hier und da von feinem Efeu umspielt wurde. Dahinter türmte ein prächtiges Wirtshaus. Hell beleuchtet strahlte es eine einladende Wärme aus. Es bedurfte keiner Anstrengung, um die große Pforte zu öffnen. Sie glitt fast von allein auf. Ebenso wie die Eingangstür, die sich gastlich vor ihm zurückzog. Innen strahlte alles noch heller als man von außen hätte erwarten können. Ein prasselndes Feuer flackerte im Kamin. An den Tischen saßen zahlreiche Leute, lachend, scherzend oder in Unterhaltungen vertieft.

Als er die Schwelle überschritt, prostete der Wirt ihm sogleich zu und kurz darauf hielt er auch schon einen Krug mit herrlich frischem Getränk in seiner Hand. Er nahm einen kräftigen Schluck. Es belebte auf wundersame Weise seinen Körper und Geist. Er fühlte sich wohl. Jemand lief an ihm vorbei, klopfte ihm auf die Schulter und warf ihm einen anerkennenden Blick zu. Er trat weiter in das Wirtshaus. Egal wohin er blickte, überall waren die Gäste von Freude erfüllt. Um ihn herum war

Glück und Zufriedenheit. Die wohlige Geborgenheit legte sich wie eine wärmende Decke um ihn, die er dankend annahm und sich tief in sie hinein kuschelte.

Plötzlich wurde ihm gewahr, dass sich an allen Tischen die Gespräche nur um ihn drehten. Und obwohl er die Worte nicht verstand, erkannte er, dass sie freundlich und gut über ihn sprachen. Die Gesichter waren voll des Lobes und der Anerkennung für seine lange Reise. Ein Spielmann stimmte auf einer Laute eine beschwingte Melodie an, die er nach den ersten Noten erkannte. Er hatte dieses Lied als Kind geliebt und es weckte weitere, vertraute Gefühle von Sicherheit und Schutz in ihm. Eine wunderschöne Magd kam auf ihn zu und sah ihn mit strahlend blauen Augen an. Sie nahm ihn in den Arm, und sie wirbelten zum Takt der Musik durch die Taverne. Die anwesenden Gäste klatschten und jubelten.

Da vergaß er sein Leid. Vergaß den Grund für seine Flucht. Vergaß, wie sie ihn verlassen und sich einem Reicheren zugewandt hatte. Unwichtig war der Schmerz der Demütigung, der Verrat an ihrer Liebe, der Betrug an ihrem Glück. Keinen Gedanken verschwendete er mehr daran. Er versuchte in komplizierte Worte zu kleiden, was er gerade empfand. Seine Gedanken durchsuchten die unterschiedlichsten Phrasen, die er in seinem Leben aufgenommen hatte. Doch am Ende gelangte er zu einem ganz einfachen Ausdruck. Es war gar nicht schwer. Er war einfach *glücklich*.

Nachdem der Tanz zu Ende war, setzte er sich erschöpft, aber vom Glück beseelt, nieder. Er schloss die Augen und sog all die Gastlichkeit in sich hinein.

Als er die Lider öffnete, war das Wirtshaus verschwunden und mit ihm das wärmende Feuer, die Menschen und die rauschende Feier. Doch das Gefühl der Geborgenheit war geblieben. Er saß auf einem großen, kahlen Stein. Um ihn herum standen viele ähnliche Steine, alle beschriftet mit den unterschiedlichsten Worten. Auf manchen waren die Namen von Mann und Frau verewigt. Einige zeigten komplette Familien. Andere wiederum trugen nur einen einsamen Namen. Dort saß er nun und es herrschte eine unglaubliche Stille und Ruhe an jenem Ort. Auf einem weiteren großen Stein, der gleich einem Obelisken in die Höhe ragte, saß die Krähe und blickte erhaben über den Platz, so als sei sie der Wächter dieses Totenackers.

Am fernen Horizont sah er die aufgehende Sonne. Sie war nicht allein gekommen, sondern hatte zu beiden Seiten freundliche Begleiter mitgebracht und musste ihren Weg über den Himmel nicht ohne Gesellschaft verbringen. Ebenso hell wie sie, strahlten zwei Nebensonnen. So einen wunderschönen Sonnenaufgang hatte er noch nie gesehen. Er würde nun nicht mehr weit reisen müssen. Das Ziel war sehr nah. Er war erfüllt von bedächtiger Harmonie.

Friedlich in sich ruhend, hörte er wieder die fröhliche Melodie aus seiner Kindheit. Es zog ihn zu ihr hin. Kaum wahrnehmbar, dann immer lauter, drang sie aus einer Leier, welche fast sphärenhaft klingende Noten durch die klare Winterluft schickte. Auf dem Eis eines nicht weit entfernten Sees sah er einen hochgewachsenen Mann stehen. Als er sich ihm näherte, vernahm er, dass die Musik von ihm ausging. Andächtig und besinnlich drehte er die Kurbel an dem Holzinstrument. Der liebliche Klang lockte ihn an.

Bald stand er dem Spielmann recht nahe. Sein großer Mantel war zerschlissen und hing teilweise in Fetzen von ihm herab. Die restlichen Kleider sahen nicht besser aus. Um die Füße waren vereinzelt Lumpen gewickelt, welche die nackte Haut nur an wenigen Stellen bedecken konnten. Die große Kapuze hing schwer und faltig vom Kopfe herab. Er ging weiter auf ihn zu. Nachdem er die Mitte des Sees erreicht hatte, drehte sich der Musikant um. Es war kein richtiges Gesicht, welches unter der Kapuze zum Vorschein kam, und doch blickten ihn freundliche Augen an. Ein gutmütiges Lächeln leuchtete unter dem Stoff hervor. Ein Antlitz welches sagen möchte: »Ich habe auf dich gewartet.«

Weiter drehte sich die Kurbel, besinnlich und ruhig. Er hatte den Ort erreicht, zu dem es ihn vom Beginn seiner Wanderung an hingezogen hatte. Der Abschluss einer stürmischen Irrfahrt. Kein Leid, kein Schmerz, weder körperlich noch seelisch, würde ihn von nun an ereilen. In einem Zustand des absoluten inneren Friedens, erwiderte er nickend das Lächeln. Der große Unbekannte legte schützend einen Arm um ihn und zusammen gingen sie in das strahlende Licht, welches jetzt zusätzlich zu den drei Sonnen schien. Ein letzter Gang am Ende einer langen Reise.

Thomas der Tomatentroll

Thomas kochte vor Wut. Willy Lopbatsch hatte ihm den Ball direkt vor der Nase weggeschnappt, zum dritten Mal. Und das bei seinem Lieblingsspiel – *Schnackdudeli*. Das durfte einfach nicht wahr sein.

Schnackdudeli war ein trollisches Ballspiel, bei dem man mit allen Körperteilen und unter Einsatz jedweder erdenklicher Mittel dafür sorgen musste, dass ein runder, lederner, mit Sand gefüllter Sack, von der Größe eines kleinen Kürbisses, in die Torgrube des gegnerischen Teams geworfen wurde. Einfach hinein. Zack. Das waren im Großen und Ganzen schon die Regeln. Eigentlich war es in Wirklichkeit nichts weiter, als eine riesige Rauferei, bei der sich halbstarke Trolle auf dem Spielfeld kabbelten.

Und genau bei einem solchen Handgemenge hatte sich der Ball gelöst und war aus dem gewaltigen Haufen übereinander gestapelter Trollkinder heraus gerollt, direkt vor Thomas' Füße. Er hatte sich wie verrückt gefreut. Die anderen waren noch mit dem Aufrappeln beschäftigt. Der Ball lag direkt da. Der Weg zur Torgrube war frei und nicht mehr weit. Mit ein paar wenigen Sätzen hätte er sie erreichen können. Doch gerade als er sich nach unten bückte, um den Ledersack aufzuheben, war Willy Lopbatsch aufgetaucht, hatte ihn zur Seite geschubst, den Ball aufgenommen und ihn schnurstracks in das runde Erdloch befördert. Nur leider nicht in das, welches Thomas hatte nehmen wollen, denn Willy spielte in der gegnerischen Mannschaft. Jetzt wurde der Kontrahent von seinem Team heldenhaft gefeiert.

Thomas stand da, mit hochrotem Kopf. Das allein war nicht so ungewöhnlich, denn Thomas' Haut war seit der Geburt rötlich gefärbt. Und das, obwohl seine Eltern eigentlich Waldtrolle waren. Jene Sorte der verschiedenen Trollarten, die oft von den anderen Trollen, wegen ihrer frisch wirkenden und leuchtendgrünen Hautfarbe, beneidet wurde. Doch Thomas' Mutter hatte, aus einem niemals herausgefundenen Grund, die gesamte Schwangerschaft über ausschließlich Lust auf Tomaten. Kein anderes Lebensmittel ließ sie an sich heran, geschweige denn in sich hinein. Kartoffeln, Möhren, Erbsen flogen in hohem Bogen aus dem Fenster. Nicht einmal das schmackhafte Bein eines umherirrenden Wanderers wollte sie probieren. Sie aß einfach nur Tomaten.

Bis zur Geburt konnte man daran auch nichts Negatives erkennen und so ließ man sie irgendwann gewähren und versuchte nicht mehr, sie von anderen Mahlzeiten überzeugen zu wollen. Doch als ihr Trollbaby dann in die Welt hinaus kullerte, erkannte man das Dilemma. Das Kleine hatte nämlich nicht wie erwartet einen wunderschönen, schleimiggrünen Teint, sondern war rot wie eine frisch geerntete Tomate im Hochsommer. Oft wurde es dafür von den anderen gehänselt, denn obwohl es in der Trollschule viele andere Farben unter den Trollen gab – blau wie die Flusstrolle, braun wie die Sumpftrolle, gelb wie die Feldtrolle, schwarz wie die Höhlentrolle oder grau wie die Steintrolle – rot war keiner von ihnen. Und so war Thomas regelmäßig den Hänseleien der anderen Mitschüler ausgesetzt.

Im Laufe der Jahre blich die Haut zu einem warmen, dunklen Orange aus, die Spöttereien der anderen aber waren geblieben. Daran hatte er sich gewöhnt, das ärgerte ihn nicht mehr. Wenn ihm aber ein dummdreister Willy Lopbatsch den Triumphball mopste, dann wurde er stinksauer.

Wie gesagt, Thomas kochte vor Wut. Und das war nicht gut. Denn immer wenn er wütend wurde, geschah etwas sehr Unangenehmes für ihn. Und genau das passierte gerade. Seine Hautfarbe wechselte zu einem knalligen Rot. Doch nicht nur das. Der Bauch, die Arme, die Beine, alles schwoll um ein Vielfaches an. Plopp, plopp, plopp dehnten sich die einzelnen Körperteile schlagartig aus. Nur gut, dass er einen elastischen Lendenschurz trug, sonst hätte er jetzt gänzlich unbekleidet dagestanden. Doch eigentlich hätte das in Punkto Peinlichkeiten auch keinen Unterschied mehr gemacht, denn Thomas sah jetzt aus wie eine riesige, runde Tomate.

Willy Lopbatsch war der erste, der es sah. Sich den kugeligen Höhlentrollbauch vor Lachen haltend, zeigte er mit schwarzen, wurstigen Fingern auf Thomas und rief: »Tomate, Tomate!«

Der Haufen übereinander geschichteter Trollkinder hatte sich mittlerweile entknotet und die restlichen Spieler beider Mannschaft stimmten in Willi's Gesang mit ein.

»Tomate, Tomate!«, schallte es von allen Seiten.

Thomas wäre am liebsten im Erdboden verschwunden. Und als wenn das alles noch nicht schlimm genug war, frischte in diesem Moment der Wind auf und fegte genau auf Thomas zu. Rund wie eine Murmel, konnte er sich nicht richtig bewegen, und als der Wind auf seine Vorderseite pustete, kippte er einfach nach hinten und rollte auf den Rücken. Unfähig die Beine oder Arme zu bewegen – diese steckten ja in dem kugelrunden Körper und schauten nur stückchenweise hervor – lag er auf dem Rücken wie ein verunglückter Maikäfer. Das fachte das Gelächter der anderen natürlich nur noch umso mehr an.

›Na großartig‹, dachte sich Thomas.

Das hatte ihm gerade noch gefehlt. So lag er nun da. Er versuchte sich zu entspannen. Das war das Einzige, was in diesen Situationen half. Mama hatte ihm den Tipp gegeben, an etwas zu denken, was noch viel schlimmer war, um von der Wut abzulenken. Er überlegte. Was könnte schlimmer sein, als vor allen Klassenkameraden wie eine übergroße, knallrot aufgeblähte Tomate auf dem Rücken zu liegen, unfähig in irgendeine

Richtung zu rollen, mit den Füßen zappelnd? Es wollte ihm partout nichts einfallen. Doch dann schoss es ihm durch den Kopf. Natürlich, Tomaten! Das war noch viel, viel schlimmer. Denn jedes Mal, wenn er auch nur in die Nähe von Tomaten kam, schwoll sein Körper noch stärker an und die Haut begann wie wild zu jucken.

Einmal, als er noch jung war, hatte man ihn mit Tomatenbrei gefüttert. Das Ergebnis war katastrophal gewesen. Innerhalb von Sekunden mutierte er von einem niedlichen Baby zu einem riesigen roten Tomatenball. Zack, hatte er durch die spontane Volumenzunahme den Babystuhl in zahlreiche Einzelteile zerlegt. Das Schlimmste daran war aber, dass er Hände und Finger nicht mehr bewegen konnte. Es war ihm nicht möglich, sich zu kratzen, so sehr er es auch wollte.

Ja, Tomaten waren noch viel dramatischer, also konzentrierte er sich voll und ganz auf das Rankengewächs. Und tatsächlich half es ihm, die Wut unter Kontrolle zu bringen. Allein schon der Gedanke an eine halbreife Tomate machte ihm so viel Angst, dass kein Platz mehr für andere Emotionen war. Langsam nahm sein Körperumfang wieder ab, und die Hautfarbe verwandelte sich zurück in einen angenehmen Orangeton.

Als er sich vorsichtig aufgerappelt hatte, bemerkte er, dass die anderen Trollinge schon weg waren. Siegurt Grumpel, Gnarl Lockenbart, Karlstein Knochenrinde, alle waren sie nicht mehr auf dem Platz. Da hörte er das große Horn, das die nächste Stunde ankündigte. Au Backe! Er war schon wieder zu spät. Das würde Ärger geben. Er flitzte los, Richtung Schulhöhle. Völlig außer Atem und schweißüberströmt, kam er im Klassenraum an. Seine Lehrerin Frau Görsgiebel bedachte ihn sogleich eines strengen Blickes und fügte noch hinzu: »Schon wieder zu spät. Ich glaube, ich muss mich einmal mit deinen Eltern unterhalten.«

Als Thomas mit gesengtem Kopf zu seinem Platz ging, hörte er leises Kichern von allen Seiten. Stellenweise vernahm er sogar ein geflüstertes »Tomate, Tomate«. Dieser Tag konnte tatsächlich nicht schlimmer werden, dachte sich Thomas, als er auf dem knochigen Holzstuhl hinter der alten Holzbank Platz nahm.

Doch es kam noch schlimmer. Heute war nämlich der Tag der großen Praktikumsvergabe. Jeder Schüler musste im vierten Trolljahr ein Praktikum absolvieren. Das war so Brauch seit eh und je. Nicht selten war es so, dass dieses Praktikum die spätere Berufswahl maßgeblich beeinflusste. Um ganz ehrlich zu sein: Eigentlich war es immer so. Und Thomas hatte ganz genaue Vorstellungen. Er wollte, wie sein Großvater, ein Brückentroll werden. Das war sein Traum, seit sein Opa ihn als kleinen Jungen mit zu der Brücke genommen hatte, für die er zuständig war. Brückentroll werden war einfach toll. Man konnte den ganzen Tag allein in der Sonne stehen. Keiner da, der einen ärgerte. Und jedes Mal, wenn jemand vorbei lief und über die Brücke wollte, bekam man dafür auch noch etwas. Meist Goldstücke. Manchmal etwas zu essen. Mal etwas zu trinken. Aber immer bekam man etwas. Thomas mochte das. Das war viel besser als die Höhlentrolle, die nur stumpf ums Lagerfeuer saßen und darauf warteten, vor Regen Schutz suchende Abenteurer zu verspeisen. Oder die Steintrolle, die nur damit beschäftigt waren an Findlingen rumzuknabbern und ansonsten versuchten wie ein Stein auszusehen, damit sie mit einem albernen »Buh« vorbeiziehende Spaziergänger erschrecken konnten. Oder die Sumpftrolle, die – naja – sich immer langweilten und Kohldampf schoben. Denn seien wir mal ehrlich, in den Sumpf verirrt sich eh niemand. Ja, Brückentroll war einfach wunderbar.

Als sich die Unterrichtsstunde in *Die Vielfalt der Lebewesen*, was eigentlich so viel bedeutete wie *Welche Rasse schmeckt am besten und wie werden sie jeweils am schmackhaftesten zubereitet*, dem Ende neigte und Thomas schon beinahe eingeschlafen war, fing Frau Görsgiebel an, die Praktika zu verteilen, indem sie die lange Liste laut vorlas.

»Lockenbart. Praktikum bei den Eichensümpfen«, entnahm sie der Übersicht.

In der zweiten Reihe sprang Gnarl Lockenbart auf und jubelte. Sein Vater war Sumpftroll und es gehörte zur Pflicht eines jeden Lockenbarts die Familientradition fortzusetzen. Frau Görsgiebel – eine ganz nebenbei bemerkt, sehr schrumpelige und verrunzelte Trollin –

wies den Jungtroll an, sich wieder zu setzen. Dann ging sie die Liste weiter durch.

»Knochenrinde!«

Ein zu kurz geratener, dicklicher Troll, zwei Plätze neben Thomas, hob den Arm.

»Steinmauer am Wiesenweg. Passanten erschrecken.«

Karlstein Knochenrinde sah sichtlich erfreut aus.

Dann kam Frau Görsgiebel zu Willy Lopbatsch.

»Die Steinbachhöhlen.« Und lächelnd fügte sie hinzu: »Unterstützung der großen Höhlentrolle.«

Thomas war wenig begeistert. Nicht, dass er prinzipiell etwas gegen seine Klassenkameraden hatte – außer sie benannten ihn nach einem fleischigen Hängegemüse – aber Willy mochte er wirklich nicht. Er war arrogant, hochnäsig und bekam immer was er wollte. Doch eigentlich sollte er sich darum keine Gedanken machen. Schließlich ging es ja um den eigenen Praktikumseinsatz. Die Lehrerin las noch weitere Namen vor, deren Adressaten mehr oder weniger glücklich mit der Zuweisung waren. Dann kam sie schließlich zu dem wichtigsten Wort auf der Liste.

»Gnorkmal.«

Thomas horchte auf. Sie fixierte ihn mit ihren gelblichen Augen und schien es sichtlich zu genießen, ihn ein wenig warten zu lassen. Thomas' Herz pochte.

›Bitte, bitte irgendeine Brücke‹, flehten die Gedanken im Kopf.

Frau Görsgiebel öffnete langsam ihren Mund, spitze die Lippen.

»Gartenarbeit. Auf den Blattwaldfelder. Bei…«

Thomas bekam das letzte Wort gar nicht mehr mit. Er sank im Stuhl in sich zusammen. Och nö! Wiesentroll, das war also sein Schicksal. Tag ein, Tag aus, den Gräsern und Korngewächsen beim Emportreiben zusehen, ab und an ein verliebtes Pärchen erschrecken und ansonsten nichts weiter tun, als Pflanzen zu betreuen. Deprimierend. Einfach deprimierend. Thomas war so elend zu Mute, dass er die Sticheleien der anderen Mitschüler gar nicht mitbekam. Frau Görsgiebel teilte an alle Jungtrolle einen Zettel mit detaillierten Informationen über das Praktikum aus und schloss kurz darauf den Unterricht mit den Worten: »Und vergesst nicht, morgen früh pünktlich bei eurer Arbeit zu erscheinen. Eure Betreuer warten auf euch.«

Thomas stand auf, schnappte seinen Ranzen und schlurfte traurig aus dem Zimmer.

Am nächsten Morgen wurde er jäh durch das frühe Krähen eines Hahnes geweckt. Thomas war so übel gelaunt, dass er ihn am liebsten sofort zum Frühstück verspeist hätte. Doch es roch nach leckeren Molchaugen mit Sumpfschleim, so dass Thomas den Plan verwarf sich einen halbstarken Gockel nach dem Aufstehen zu genehmigen. Stattdessen trollte er sich in die Küche, so wie es Trolle eben so tun, und versuchte so fröhlich wie möglich auszusehen.

Die Molchaugen verbesserten kurzzeitig die Stimmung. Er knabberte noch kurz an ein paar Hühnerbeinen – wobei er sich vorstellte, dass sie dem dreisten Federvieh gehörten, das ihn so unsanft aus dem Schlaf gerissen hatte – und schlürfte noch einen warmen Sumpfwurzeltee. Eigentlich war es ein ganz normaler Morgen. Als er zur Tür der Behausung hinaus spazieren wollte, sah der Tag gar nicht so schlimm aus, bis seine Mutter ihm zu Abschied noch hinterher rief.

»Viel Spaß an der Brücke. Opa wäre stolz auf dich.«

Thomas hatte geschwindelt. Sehr sogar. Und wäre sein schlechtes Gewissen größer, als die Angst vor dem enttäuschten Gesicht seiner Mutter, er wäre sicher schnurstracks zurück gerannt und hätte ihr die Wahrheit gesagt. Doch so war es leider nicht. In ihrer Familie hatten alle männlichen Trolle an einer Brücke gearbeitet. Er würde der erste sein, der an diese Tradition nicht anknüpfen konnte. Das machte ihm echt zu schaffen. Nachdenklich schlenderte er den langen Weg entlang, der rechts und links von hohen, durcheinander wachsenden Süßgräsern gesäumt war. Er erkannte hier Roggen, da Weizen und zwischendurch wucherte noch etwas, dass er nicht richtig identifizieren konnte.

›Was soll's‹, dachte er sich. Er hatte ja noch den Rest des Lebens, um all die unterschiedlichen Namen dieser Unkräuter kennenzulernen.

Nach ein paar Minuten endeten die Felder und mündeten in einem großen, von Licht durchfluteten Mischwald. Hier irgendwo musste der Ausbilder stecken. Er lief den Weg noch ein wenig entlang und erkannte dann, nicht weit entfernt, eine kleine Hütte. Zermürbt klopfte er an die zierliche Tür.

Erst geschah gar nichts. Doch dann, nachdem Thomas ein weiteres Mal gegen die Tür gehämmert hatte, konnte man von drinnen ein hastiges Poltern und Klappern vernehmen, das beinahe so klang, als wenn ein erschrockenes Wesen, spontan aus dem Schlaf gerissen, sich hurtig die Kleider über zog, dabei halb aus dem Bett fallend einen Pantoffel über den rechten Fuß stülpte, während es über den anderen, noch am Boden stehenden, stolperte, kurz darauf wie vom Blitz getroffen zur Tür spurtete, um die alte rostige Klinke, die schon lange kein Öl mehr gesehen hatte, herunterzudrücken.

Knarz, machte es, als der angelaufene Türöffner herunter gedrückt wurde. Die Tür ging auf und vor Thomas stand ein verdutztes Männchen mit blasgrüner Haut. Es blinzelte mit großen, braunen und sehr verschlafenen Augen, während es versuchte, die weiße Nachtmütze zurechtzurücken, die etwas schief auf dem Kopf hing.

»Gute Morgen, Herr Humpelpump«, begrüßte Thomas das Männchen sehr respektvoll und versuchte dabei seinen Unmut über die ihm zugewiesene Arbeit so gut wie möglich zu verbergen.

»Was?!«, antwortete sein Gegenüber etwas vergnietscht und man konnte erkennen, dass es noch nicht so richtig von der Reise aus dem Traumland zurückgekommen war.

»Ich bin's Thomas. Thomas Gnorkmal.«

Er kannte den Gnom, aber Thomas nannte doch vorsichtshalber seinen Nachnamen, der übersetzt aus der alten Trollsprache so viel wie *Wanderlust* oder *witziges Marschieren* hieß, denn er war sich nicht sicher, ob er ihn sonst erkennen würde.

»Ach Thomas!«, entfuhr es Humpelpump.

»Natürlich, natürlich. Komm doch rein«, fügte er hinzu und deutete dem Trolljungen mit einer einfachen Handbewegung an, dass er in die Hütte treten solle.

Der Eingang war sehr niedrig, eben genau für einen Gnom gemacht, und Thomas musste sich ducken, damit er hindurch passte. Innen war es wesentlich geräumiger und er konnte aufrecht stehen. Die gesamte Hütte bestand nur aus einem einzigen Zimmer. In der hinteren Ecke befand sich das kleine Bett, aus dem der Gnom ganz offensichtlich gerade erst herausgestiegen war. In der Mitte des Raumes stand ein großer Tisch, auf dem ein Brettchen samt Besteck, ein Krug und ein angebrochener Laib Brot lagen, vermutlich noch vom gestrigen Abendbrot. Es roch nach den unterschiedlichsten Kräutern und Pilzen. Überall waren Sachen verstreut, die wohl irgendeinem Zweck dienten. Neben einem der drei großen Fenster hing eine Angel. Rechts davon ein großer Filzhut, der ziemlich gut vor der sengenden Sonne schützen musste. Trotz des nicht zu verbergenden Durcheinanders, wirkte es gemütlich und wohnlich in der Hütte.

Während Thomas sich umsah, hatte Humpelpump rasch die Tageskleidung – eine dünne Leinenhose, ein braunes Hemd und darüber eine robuste Jacke aus grünem Stoff – angezogen und war dabei Frühstück zu bereiten.

»Setz dich doch«, bot er dem Troll an und deutete auf einen der am Tisch stehenden Stühle.

»Möchtest du noch etwas essen?«

»Nein danke«, antwortet Thomas. »Ich hatte schon ein paar Molchaugen.«

Der Gnom stutze kurz und wendete sich dann zur Arbeitsplatte, um mit der Essenzubereitung zu beginnen. Zwar kannte er die merkwürdigen Essgewohnheiten der Trolle, doch so richtig konnte er sich daran nicht gewöhnen. Nachdenklich nahm er ein Stück Gemüse und fing an sich ein paar Scheiben zurechtzuschneiden.

Thomas hatte gemerkt, dass der Gnom sehr verhalten auf seine Ablehnung reagiert hatte und ahnte, dass es daran liegen könnte, dass beide einen sehr unterschiedlichen Geschmack hatten. Zwar kannte er die merkwürdigen Essgewohnheiten der Gnome, doch so richtig konnte er sich daran nicht gewöhnen. Trotzdem war es ihm peinlich, gleich am ersten Tage einen so schlechten Eindruck zu machen. Möglicherweise könnte er ja doch etwas probieren. Nur so aus Höflichkeit.

»Vielleicht ein klein wen...ahhhhhhh!«

Er sprang erschrocken zurück, als der Gnom sich in diesem Augenblick, mit dem Brettchen in der Hand, zu ihm umdrehte.

Auf der flachen Holzscheibe lagen vier frisch geschnittene Tomatenscheiben. Thomas hielt den Stuhl, auf dem er gerade noch gesessen hatte, wie einen Schutzschild, mit beiden Händen umklammernd, vor sich. Der Gnom guckte nicht weniger irritiert.

»Ich...ich...Entschuldigung«, stammelte der junge Troll.

Humpelpump wusste nicht wirklich wie ihm geschah. Da brachen der Schock und die Enttäuschung über Thomas herein und dicke Trolltränen rollten über die Wangen. Humpelpump, der noch immer sehr verwirrt war, bot Thomas einen Platz an.

Als er sich gesetzt hatte, fing der Jungtroll an zu reden. Er erzählte von den Gemeinheiten der anderen Kinder, die ihn immer wegen seiner Hautfarbe aufzogen. Von Willy Lopbatsch, der es ganz besonders auf ihn abgesehen hatte. Von dem, was passiert, wenn er sich ärgerte. Von dem Praktikum und dem Großvater, und dass er nun seine Familie enttäuschen und die Familientradition zerstören würde. Und davon, dass er seine Mama angelogen hatte und wie ihn das belastete. Und vor allem sprach er von Tomaten und wie sehr er sich vor ihnen fürchtete, weil sie so extreme Auswirkungen auf ihn hatten.

Der Gnom hörte aufmerksam zu und mit jedem Satz tat ihm der kindliche Troll immer mehr leid. Das war eine sehr traurige Geschichte, besonders für eine so junge Seele. Humpelpump, der ein sehr großes Herz hatte, überlegte, was er tun könne, um den Schützling etwas aufzumuntern. Er wälzte verschiedene Gedanken hin und her. Dann sagte er plötzlich: »Komm«. Und er streckte Thomas die knuffige, grüne Hand hin.

Zusammen verließen sie die Stube. Sie mussten nicht weit gehen, denn das, was Humpelpump im Sinn hatte, lag direkt neben der Hütte. Nach wenigen Schritten blieben sie stehen.

Thomas musste unweigerlich schmunzeln, als er sah, warum der Gnom ihn nach draußen geleitet hatte. Direkt vor ihm lag ein großer, bunter Garten, in dem alle möglichen Kräuter, Blumen und Pilze wuchsen. So eine pflanzliche Vielfalt hatte er noch nie gesehen. Alles blühte und gedieh in berauschender Pracht. Doch das war nicht, was den Troll seinen Kummer vergessen ließ. Es war etwas gänzlich anderes. Denn in mitten des Gartens war ein kleiner, runder Teich angelegt, der etwa einen Durchmesser von zwölf Fuß hatte. Schmale Schilfrohre säumten das Ufer. Eine dicke Kröte saß am Rand und quakte ihr morgendliches Lied. Ab und zu konnte man einen bunten Fisch hüpfen sehen. Und direkt über dem Teich verlief eine hölzerne Brücke. Stabil genug gebaut, dass der Hausbesitzer darüber gehen konnte. An den Seiten hatte sie ein niedriges Geländer, welches aus stabilem Schildrohr geflochten war.

»Das ist vielleicht nicht die Brücke, die du dir vorgestellt hast. Aber wenn du mir im Garten hilfst, musst du dich neben den Pflanzen auch darum kümmern, die Brücke in Schuss zu halten. Damit wärst du eigentlich so etwas wie ein Brückentroll. Wäre das in Ordnung für dich?«

Thomas konnte nicht antworten. Es verschlug ihm die Sprache. So etwas Nettes hatte bis jetzt noch niemand zu ihm gesagt. Er nickte heftig mit dem Kopf und hoffte, der Gnom würde dies als Zustimmung verstehen. Humpelpump verstand.

Zusammen fingen sie an diesem Morgen an, sich um die Beete zu kümmern. Zuerst jäteten sie das Unkraut. Thomas lernte, wie man es von anderen Pflanzen unterschied. Danach bekam er eine gnomische Einführung in die Welt der Kräuter, Gemüsesorten, Obstarten und Sträucher. Er erfuhr, wie man Stauden und Sträucher auseinanderhalten konnte, welche Pflanzen nur einmal und welche mehrjährig Früchte trugen, und dass zu viel Wasser manchmal schädlicher sein konnte, als zu wenig.

Der Tag ging schnell herum und als er sich am Abend auf den Weg nach Hause machte, war er fröhlich und beschwingt und musste verwundert feststellen, dass er nicht ein einziges Mal an die zierliche Brücke über dem Teich hatte denken müssen.

Am nächsten Tag wurde Thomas in Kräuterkunde unterrichtet. Er eignete sich an, welche Kräuter vorzüglich zum Würzen von Speisen geeignet waren, welche man als Heilmittel verwenden konnte oder aus welchen man einen wundersam beruhigenden Tee bereitete.

In den kommenden Wochen trafen sie sich jeden Tag und Thomas hatte immer mehr Freude am Pflanzen und Sähen und Jäten und Ernten. Langsam dämmerte es ihm, dass es, neben der vorbestimmten Familientradition, vielleicht auch noch einen anderen Weg gab, um sich selbst zu verwirklichen. Und als ihm dieser Gedanke gekommen war, verschwand auch das schlechte Gefühl, das er hatte, weil er nicht zum Brückentroll auserkoren war und er stürzte sich mit Leidenschaft in die neue Bestimmung. So gingen die Tage ins Land und das Wissen über die Natur wuchs sprunghaft an.

Er mochte den kleinen Gnom. Nicht nur, weil er ein guter Lehrer war, sondern weil er auch exzellent zuhören konnte. Und zwischen beiden entwickelte sich, trotz ihrer unterschiedlichen Herkunft, eine Freundschaft.

Drei Wochen vergingen. Es war ein heißer Sommertag und Humpelpump wollte seinem Schüler die verschiedenartigen Pilze im nahegelegenen Wald zeigen und ihm ihre Bedeutung erklären. Sie trafen sich dazu auf einer Lichtung, auf der besonders viele Pilze wuchsen. Nicht unweit dieses Ortes verlief ein reißender

Fluss, der aus den weit entfernten Bergen herunter geschossen kam und sich auf dem Weg zum Meer an dieser Stelle durch den Wald schlängelte. Von der Lichtung aus konnte man gut eine alte Steinbrücke sehen, die schon vor Urzeiten erbaut worden war. Doch Thomas beachtete sie gar nicht. Er war vielmehr damit beschäftigt, sich die Unterschiede zwischen Steinpilzen, Semmelpilzen, Maronen, Pfifferlingen, Röhrlingen, Blätter- und Lamellenpilzen zu merken. Und dann auch noch die vielen Rotkappen-Sorten. Birkenrotkappen, Kiefernrotkappen, Fichtenrotkappen, Espenrotkappen, Eichenrotkappen! Thomas war überwältigt von diesem Reichtum an Schattierungen, Formen, Farben und Gerüchen. Und besonders von jener Lichtung, auf der es sämtliche Pilze des Waldes zu geben schien, so als würden sie sich hier gemeinsam treffen, um geheime Pilzversammlungen abzuhalten.

Eigentlich war es tatsächlich so, dass die Pilze hier zu verborgenen Versammlungen zusammenkamen. Doch das sollte Thomas erst ein anderes Mal erfahren.

Irgendwann bekam er von der ganzen Konzentration Hunger, und er beschloss ein paar von den roten Beeren zu essen, die neben ihm an einem Strauch hingen. Gerade als er ein paar pflücken wollte, hielt Humpelpump ihn davon ab.

»Vorsicht!«, mahnte der Gnom. »Das sind Waldtomaten.«

Thomas staunte nicht schlecht, als er die winzigen Früchte genauer betrachtete. Sie sahen tatsächlich wie kleine Tomaten aus. Aber auf den ersten Blick hatte er sie für saftige Beeren gehalten. Er war froh, dass der Freund ihn vor dem Fehler bewahrt hatte. Bei dem Gedanken an die Reaktion seines Körpers auf die gemeinen Biester, schauderte er. Er wollte sich gerade bedanken, als er einen markerschütternden Schrei hörte. Er drang von der alten Brücke herüber und kam Thomas seltsam vertraut vor.

»Hilfe! Hilfe!«, schallte es durch den Wald.

Thomas kannte die Stimme, nur wollte ihm erst nicht einfallen, wem sie gehörte.

»Hilfe! Hilfe!«, ertönte es wieder.

Plötzlich wusste Thomas wer dort rief. Es war das panische Gekrächze von Willy Lopbatsch. Thomas stürmte los – Blödmann oder nicht, Trolle hielten immer zusammen. Er sprang über Steine und umgefallene Bäume und drückte sogar einen Stamm zur Seite, der ihm im Weg stand. Thomas war zwar noch jung, aber wie alle Trolle schon sehr kräftig.

Es dauerte nicht lange, da hatte er die Quelle der Rufe erreicht, und was er sah, jagte ihm einen riesigen Schreck ein. Ganz offensichtlich hatten Willy, Gnarl Lockenbart und Karlstein Knochenrinde versucht die alte Brücke zu überqueren, als diese eingestürzt war. Gnarl und Karlsbarg hatten sich scheinbar ans andere Ufer retten können. Dort standen sie, vom Schock zur

Unbeweglichkeit verdammt. Willy aber war unter den Steinen der zusammengebrochenen Konstruktion eingeklemmt. Er prustete und hustete und drohte im wütenden Fluss zu ertrinken.

Thomas überlegte nicht lange. Er sprang ins Wasser und versuchte die schweren Blöcke von seinem Schulkameraden zu entfernen, doch sie bewegten sich keinen Millimeter. So sehr er sich auch bemühte, sie wollten sich einfach nicht verrücken lassen. Thomas war verzweifelt. Er wusste nicht, was er tun sollte. Die Brocken waren so groß, dass er nicht in der Lage war sie anzuheben. Hilfe suchend blickte er umher. Ein großer Ast, eine Bohle, irgendetwas, das er als Hebel benutzen konnte. Doch er fand nichts.

Da sah er plötzlich, direkt am steilen Ufer, eine grüne Ranke. An ihr hingen – klein und doch bedrohlich – die zierlichen Waldtomaten, die er noch Minuten zuvor für harmlose Beeren gehalten hatte. Sie waren nur eine Armlänge entfernt. Willy hustete Wasser und schlug, heftig mit den Armen paddelnd, um sich. Da zuckte eine Idee unvermittelt durch Thomas' Kopf. Eine Idee, die so verrückt, abwegig und gruselig war, dass der Jungtroll beschloss sie sofort umzusetzen, bevor sich die Vernunft seiner bemächtigen würde und er doch nicht den Mut aufbrächte, den waghalsigen Plan in die Tat umzusetzen.

Er streckte eine Hand aus und riss eine große Ranke samt Tomaten aus dem Busch. Er machte sich nicht einmal mehr die Mühe die Früchte vom Grün zu trennen, sondern schlang alles in einem Stück herunter. Drauf hin langte er ein weiteres Mal zu, zupfte noch ein Büschel heraus und verschlang auch dieses. Es fing schon langsam an im Bauch zu kribbeln und zu rumoren. Aber es reichte nicht aus. Er griff noch einmal zu. Und noch einmal. So viele Tomaten hatte er im Leben nicht gegessen.

Dann ging es los. Thomas merkte, wie die allergische Reaktion einsetze. Gerade noch rechtzeitig schaffte er es den Arm in einen passenden Spalt zu stecken, der sich zwischen zwei herabgestürzten Felsbrocken erstreckte. *Plopp* machte es und die Wucht der Reaktion schob eines der beiden Geröllstücke leicht zur Seite. Noch war es aber nicht genug, um Willy zu befreien. Thomas suchte nach einer weiteren geeigneten Stelle und steckte den anderen Arm hinein. Ein weiteres *Plopp* ertönte, als der zweite Arm sprungartig an Volumen zunahm. Ein weiterer Stein rollte zur Seite und Willy konnte sich etwas nach oben drücken, um Luft zu schnappen. Doch noch immer war einer seiner Füße eingeklemmt und hielt ihn am Boden fest. Da holte Thomas tief Luft und tauchte unter. Sekundenlang war er nicht zu sehen, dann sprengte urplötzlich eine gewaltige Explosion Wasser, Stein, Sand und Geröll in die Luft und eine riesige, rote Trollkugel katapultierte aus dem Wasser. Durch die Wucht wurde Willy ebenfalls nach oben geschleudert und landete, endlich befreit aus der nassen Falle, etwas unsanft am sandigen Ufer, direkt neben Gnarl und Karlstein. Er rang nach Luft. Halb durch das Wasser in den Lungen, halb durch den heftigen Aufprall. Nach wenigen Sekunden fing er sich wieder und konnte normal atmen.

Thomas erging es nicht ganz so gut. Er flog durch die Luft, rund wie ein Ball. Nur die Hände und Füße guckten heraus, waren aber kaum zu erkennen. Als er den höchsten Punkt der Flugbahn erreicht hatte, drehte sich die Richtung und er sauste zu Boden, prallte am Ufer ab und landete kurz darauf im Wasser. Die Strömung riss ihn mit. Er versuchte zu paddeln, doch ohne Arme war das gar nicht so einfach. Aber er hatte Glück. Der Fluss teilte sich und durch eine gutmütige Fügung des Schicksals landete er in der Abzweigung, die ihn weiter zu einem ruhigen See führte. Dort schwamm er nun, kugelrund wie er war, und blickte in den Himmel. Wenigstens linderte das eiskalte Wasser etwas das Jucken und Brennen.

Es war Humpelpump, der ihn schließlich aus dem Wasser zog. Der Gnom hatte das Spektakel genau ab dem Zeitpunkt mitbekommen, als Thomas angefangen hatte die Wildtomaten in sich reinzustopfen. Als der Troll begann, den Fluss hinunter zu treiben, hatte Humpelpump, der das Gewässer genau kannte, ihn verfolgt, in der Hoffnung, er würde in den ruhigen Seitenarm abgleiten. So war es dann auch gekommen und ab diesem Punkt hatte er eine Abkürzung zum See genommen, um zeitgleich mit dem Troll dort einzutreffen. Jetzt fischte er den Schützling aus dem Wasser. Thomas hatte fast wieder normale Größe angenommen, war aber immer noch puterrot. Doch ansonsten ging es ihm gut.

Humpelpump war erleichtert und stolz zugleich. Beide saßen sie schweigend am Ufer, bis die Schatten der nahen Bäume langsam auf sie fielen.

»Ich glaube, du wärst tatsächlich kein schlechter Brückentroll«, meinte Humpelpump plötzlich.

Thomas musste lachen. Laut, heiter und aus vollem Herzen. Heute war wirklich ein guter Tag.

Am Abend besuchten sie gemeinsam *Trollstädt*, den Ort, in dem Thomas lebte und der nicht allzu weit von Humpelpump's Hütte lag. Dort wurde Thomas, eines Helden gleich, empfangen und sie erfuhren, dass es Willy und seinen Freunden gut ging. Die Trollinge waren am Ufer hin und her gelaufen, hatten Thomas aber nicht finden können. Dann waren sie in das Dorf zurückgekehrt. Man hatte schon das Schlimmste angenommen und einen Suchtrupp zusammengestellt. Umso größer war die Freude, als Thomas in dem Moment durch das große Tor geschritten kam, in dem der Trupp aufbrechen wollte. Auch seine Mama, die in der Zwischenzeit erfahren hatte, dass ihr Sohn kein Praktikum an der Brücke absolvierte, war überglücklich. Ihm zu Ehren wurde spontan ein großes Fest mit allerlei Leckereien bereitet – außer Tomaten natürlich, die wollte

Thomas nun so gar nicht sehen. Sie feierten bis in die Nacht hinein.

Als Thomas zu später Stunde am ersterbenden Feuer saß und in die von Asche bedeckte Glut blickte, fasste er einen Entschluss. Er würde Wald- und Wiesentroll werden und sich um den nahegelegenen Forst kümmern. Im war klar geworden, dass es das war, was ihn wirklich mit Glück erfüllte. Es war Zeit, mit einer neuen Familientradition zu beginnen. So saß er da, mit sich selbst im Reinen, bis ihm schließlich die Augen zu fielen.

Der lederne Sack kullerte genau in seine Richtung. Die anderen Spieler hatten sich wieder einmal zu einem riesigen Trollklumpen zusammengespielt und merkten nicht, dass sich das Spielgerät von ihnen entfernte. Thomas stand erwartungsvoll da, bückte sich und streckte die Hände in Richtung des direkt auf ihn zurollenden Balls. Da tauchte wie aus dem Nichts Willy Lopbatsch auf. Pfeilschnell sauste er heran, genau auf den Raum zwischen Thomas und seiner Torchance. Thomas überlegte kurz, ob er noch vorsprinten solle, doch da hatte Willy den Ball schon erreicht. Geschickt hob er ihn auf und blickte zu Thomas herüber. Dann lächelte er und trat den Ball passgenau in Thomas' Richtung. Der verdutze Waldtroll fing den Ledersack und sah zu Willy herüber. Dieser zwinkerte ihm zu und deutete auf die Torgrube. Das ließ sich Thomas nicht zweimal sagen. Er warf Willy einen dankbaren Blick zurück, rannte los und versenkte den Sack ihm Boden. Es war ein tolles Gefühl, den ersten Punkt des Tages erzielt zu haben. Thomas schmunzelte und schaute zum naheliegenden Wald. Manchmal ist es doch gar nicht so schlecht, ein Tomatentroll zu sein.

Fensterlandschaft

Die morgendliche Wärme eines frühherbstlichen Sonnenstrahls fiel durch das große Fenster und erwärmte die frische Luft, die langsam, mit kontinuierlicher Gelassenheit, in das Zimmer strömte. Der Geruch von gemähtem Gras mischte sich mit einem leichten Hauch von Flieder und einem anderen süßlichen Geruch, den ich aber keiner genauen Herkunft zuordnen konnte. Ich atmete tief ein, füllte meine Lungen mit der angenehmen Kühle, und in diesem Augenblick hätte ich nicht sagen können, ob es Frühling oder Herbst war.

Behutsam öffnete ich die Augen, blickte an die Decke des Zimmers und stellte fest, dass es doch schon heller war, als ich eigentlich angenommen hatte. Ich musste tatsächlich noch einmal eingeschlafen sein. Den Großteil der letzten Stunden hatte ich wach gelegen und gerade in diesem Moment fiel es mir schwer zu unterscheiden, welche Erinnerung an die vergangene Nacht real und was nur das verschwommene Traumkonstrukt meiner kurzen Schlafphase gewesen war. Ein leises, entferntes Zwitschern drang an mein rechtes Ohr. Irgendwo bellte ein Hund und aus der Ferne vernahm ich leise das fröhliche Lachen spielender Kinder.

Langsam drehte ich meinen Kopf in die Richtung, aus der die Geräusche kamen und sah den Blättern, des vor dem Fenster stehenden Kastanienbaums, bei ihrem spielerischen Tanz im Wind zu. Unschuldig ließen sie sich in jeder Bewegung unabhängig voneinander hin und her wirbeln und doch wirkte das ganze Spiel, wie eine einstudierte Choreographie einer nichtirdischen Macht, die, zur Erheiterung aller, die zusahen, das wilde umher Tanzen grüngelber Blätter inszenierte. Ich schloss noch einmal für einige Sekunden die Augen und nahm jetzt auch das sanfte Rascheln der Blätter wahr, welches, wie eine Sinfonie klingend, das Tänzeln untermalte. Wie friedlich die Welt doch war.

Ich zog die Bettdecke etwas höher und sog den Geruch von frischem Waschmittel ein. Erinnerungen an Kindheit und Geborgenheit gingen mir durch den Kopf und versetzen mich in einen leicht schwebenden Zustand von Schutz und Gemütlichkeit. In meinen Gedanken tauchte ich zurück in die Welt des unwissenden Wesens, welches vor vielen Jahren unschuldig und unberührt vom Leben nichts anderes erwartete, als das es stückchenweise zu entdecken. Zu tasten, fühlen, riechen, hören, schmecken. Ausprobieren. Lernen. Jeden Tag ein wenig mehr. Ein Lächeln ließ meine Wangen nach oben wandern, als vor meinem geistigen Auge der kleine Wurm, dessen Aussehen ich nur noch von Fotos kannte, unsicher und unbeholfen durch das Leben stolperte.

Wie lange das schon her war? Ich fragte mich, wie viel ich von damals bereits vergessen hatte. Fragte mich, ob die wenigen Bilder, die ich von jener Zeit noch im Kopf abgespeichert hatte, tatsächliche Erlebnisse widerspiegelten oder nur zusammengestrickte Auswüchse meiner Fantasie waren, welche die auf schwarz-weißen Ablichtungen festgehaltenen Augenblicke zu farbigen, lebenden Bildern verwandelten. Es waren schöne Bilder.

Noch immer mit geschlossenen Augen, stellte ich mir meine Umgebung vor. Das ruhige Schlafzimmer, in dem ich schon unzählige Male erwachte. Das alte, dunkel gebeizte Holzbett, mit den quadratischen Füßen, das bei jeder Drehung ein vorsichtiges Knarren von sich gab. Anfangs hatte mich dieses Geräusch gestört, doch dann gewöhnte ich mich daran. Dieses behutsame, leicht widerwillige Knurren bei meinen Bewegungen gab dem Bett einen eigenen, einzigartigen Charakter. Irgendwann fing ich an es zu mögen. Doch jetzt, in diesem Augenblick, versuchte ich nicht es hervor zu zwingen, sondern lag einfach nur still und entspannt da.

In meinen Gedanken wanderte der Blick zu dem niedrigen Nachtisch direkt neben meinem Kopf. Ich erblickte die antike Lampe, deren vergilbter Schirm nur noch ein abgeschwächtes, gelbliches Licht hervorbrachte, die verschiedenen Bücher die dort standen, in denen sich vielfältiges Wissen über Philosophie, Psychologie und anderen geistlichen Themen befand, und den kleinen Wecker, dessen mechanische Konstruktion nun schon seit fast zwei Jahrzehnten unermüdlich seinen Dienst versah.

Diese Dinge betrachtete ich und mir gefiel die Zufälligkeit der Komposition, in der sie zueinander ausgerichtet waren. Die runde Form des Weckers, die eckigen Profile der Bücher, die Wellenform der Lampe. Alles passte auf harmonische Weise zusammen und bildete ein seltsam anmutiges Arrangement.

Mein Blick ging weiter, hin zu der alten Kommode, die sich gegenüber des Bettendes befand, streifte dabei sachte den von Wachs bedeckten Kerzenständer und schlich sich dann zu dem leicht angestaubten Bild, welches ich einst auf einem Flohmarkt entdeckt hatte. Es zeigte eine, in herbstliches Dämmerlicht getauchte, Wiesenlandschaft, in deren Mitte ein großer Baum die Blicke des Betrachters auf sich zog. Die Linien waren so fein gezeichnet, die Farben so intensiv und realistisch, dass ich damals nicht anders konnte, als es zu kaufen. Seitdem hatte ich es oft lange und ausdauernd betrachtet und mich in den unzähligen Details verloren. Immer wenn ich dachte, ich würde jede Windung, jeden Pinselstrich kennen, entdeckte ich ein weiteres, bisher unbekanntes Merkmal, welches mich abermals in Staunen versetzte. Mir war nie wirklich klar gewesen, warum dieses Bild so eine Faszination auf mich ausgeübt hatte, doch spürte ich immer eine grenzenlose Freiheit, wenn ich mich in meiner Fantasie an jenen Ort projizierte, der von einem unbekannten Künstler so magisch in Szene gesetzt worden war.

Ich lächelte und ließ mein geistiges Auge wieder zurück zu mir wandern. Ich sah mich selbst, zufrieden und geborgen, in meinem Bett liegen. Sah die Bettdecke mit dem Blumenmuster, den Nachttisch, den Wecker, die Kommode und das Bild. Ein kleines schützendes Reich, ohne Angst und Sorge. All das stellte ich mir in meinen Gedanken vor.

Zeitgleich mit dem Klicken der Klinke öffneten sich meine Augen und die Tür. Helles Neonlicht blendete mich kurzzeitig und täuschte meine Sinne derart, dass der Raum aus den Gedanken sich mit der Realität überlagerte. Halb erwachend und Orientierung suchend, sah ich umher. Schemenhaft bildete sich mein Unterbewusstsein noch die Anwesenheit der alten Kommode, des Nachtschränkchens, des gewellten Lampenschirms ein. Doch als meine Augen den Abgleich mit der Wirklichkeit vollendet hatten, verschwanden sie schlagartig und ließen nur eine kalte, glatte Umgebung zurück.

Ich blickte mich um – nicht mehr im Gedanken, sondern in der glasklaren Wirklichkeit – und versuchte, das Durcheinander meiner Emotionen zu kontrollieren, welches dieser harte Übergang vom Traum zur Realität in mir auslöste. Noch eben in der heilen Zuflucht, die ich mir in meiner Fantasie geschaffen hatte, lag ich nun in einem kühlen, sterilen Raum. Die weißen Wände wirkten ebenso kalt wie die weiße Zudecke, das weiße Kissen, das weiße Lacken. Der Beistelltisch reihte sich in seiner Farbgestaltung in diese monotone Kaskade der Eintönigkeit ein. Das Bettgestell bestand aus gebogenem, frostigem Metall. Kein Wunder, dass ich mich jeden Tag in meine Traumwelt zurückzog.

Als die Schwester das Zimmer betrat, lächelte sie wie jeden Morgen. Ein fröhliches, optimistisches Lächeln, mit einem Hauch von Mitleid. Ein Hauch, der zunehmend mehr zu werden schien. Ich mochte sie trotzdem, denn von ihr ging ein seltener Optimismus aus, von dem ich versuchte, mich ein wenig zu nähren. Das spendete etwas Trost.

Wie sie es immer tat, stellte sie das Kunststofftablett auf die Ablage zu meiner Linken. Zwei Scheiben leicht pappigen Toastbrotes, die Marmelade mit dem seltsamen Nachgeschmack in der Wegwerfverpackung, ein wenig Butter, in genau dem gleichen Behältnis, eine Scheibe Käse und ein Apfel. Ja, wie jeden Morgen.

Diesmal hatte sie noch ein Stück von dem Schokoladenkuchen, den ich so gern aß, mit dazu geschmuggelt. Ich wusste, dass er nicht auf dem regulären Speiseplan stand und sie ihn für bestimmte Patienten wie mich auf eigene Faust organisierte.

Als sie mein Schmunzeln beim Erblicken des Kuchenstückes sah, zwinkerte sie mir unmissverständlich zu. Sie hatte dieses bezaubernde Lächeln, mit dem sie mir immer wieder Hoffnung einhauchte und ich war mir sicher, dass sie dieses Lächeln auch einzusetzen vermochte, um in der Kantine den ein oder anderen Leckerbissen für ihre *besonderen* Patienten zu bekommen. Jetzt sah sie mich genau damit an und für einen kurzen Moment war die Eisigkeit des toten Zimmers wie hinfort geblasen. Als wenn ihr Lächeln genau den Punkt im Herzen stimulieren konnte, der Glückseligkeit und Freude hervorrief.

Es waren diese Momente, die das Leben so lebenswert machten. Oder vielmehr waren es Menschen wie sie, die uneigennützig all ihre Lebenskraft darin investieren, die Welt zu einem besseren Ort zu machen. Diese Menschen, die sich selbst hinter dem Glück der anderen anstellen. Menschen, die von einer Welt träumen, in der jeder nur gibt, anstatt von anderen zu nehmen. Ein gutmütiges, offenes Geben, in dem Wissen, dass wenn jeder andere Mensch auch von Herzen gibt, die Summe dessen, was jeder erhält, viel größer ist als das, was eine einzelne egoistische Existenz an sich reißen, die nur versucht andere in ihrem gierigen Wahn leer zu saugen. Menschen wie sie ließen mich hoffen. Nicht nur für mich, sondern auch für alles was ich zurücklassen würde.

Sie war es auch gewesen, die es ermöglichte, dass mein Bild, mit der zauberhaften Herbstlandschaft, hier in dem Zimmer aufgehängt wurde. Ich hatte ihr nur nebenbei von der magischen Kraft erzählt, dass es auf mich ausübte, und irgendwie hatte sie es geschafft, es von meiner Wohnung hierher transportieren und aufhängen zu lassen. Solche Dinge können Hoffnung geben in Situationen in denen es keine Hoffnung mehr gibt. Und ich war dankbar dafür.

Nachdem sie das Tablett abgestellt hatte, nahm sie den Beutel mit der farblosen Flüssigkeit von ihrem Rollwagen und befestigte ihn an einem der vier Arme des länglichen Metallständers. Ich hatte mir immer vorgestellt, dass das Gift, welches durch meine Adern laufen würde, schwarz sei. Waberndes, klebriges Schwarz, dass durch den Feind in meinem Körper dringt und ihn von innen heraus zerstört. Aber es war durchsichtig. Klar. Wie Wasser. So unschuldig sah es aus. Harmlos. Unerkennbar, dass es nichts anderes war, als der Teufel, mit dem man versuchte den Beelzebub auszutreiben. Eine tödliche Substanz im Kampf gegen den Tod.

So behutsam wie möglich schraubte sie den Verschluss von dem Zugang, der in einer Vene meines linken Arms steckte, und verband, mit Hilfe des langen Gummischlauchs, der vom Ständer herab hing, meinen Körper mit dem Beutel. Wir beide hassten diesen Vorgang. Schnell drang die Flüssigkeit in meinen Arm. Ich konnte spüren, wie sie über den Schlauch, in die Nadel, in meine Ader drang und sich schließlich in mir ausbreitete. Stück für Stück, mit jedem Herzschlag etwas mehr. Ich schloss die Augen und versuchte mich abzulenken und nicht mehr an das fließende Gefühl unter meiner

Haut zu denken. Der sanfte Druck ihrer Finger half mir dabei. Wie die anderen Male saß sie noch kurz am Bettrand, hielt meine Hand.

Dann verließ sie leise das Zimmer und ich lauschte nur noch dem monotonen Klicken meines Weckers, den ich, neben dem Bild, in meine neue Bleibe mitnehmen konnte. *Klick. Klack.* Irgendwann hatte sich mein Puls nahezu auf das sekündliche Geräusch eingestellt und pochte in eben diesem Rhythmus. Der Rhythmus, in dem meine Zeit dahinfloss. Mit jedem Klick schwand die Chance darauf, sich einen weiteren Wunsch zu erfüllen. *Klack*, wieder eine Chance verpasst.

Als ich jung war, hatte ich unendlich viele Träume. Nun blieben nicht mehr viele. Eigentlich nur noch dieser eine: In dem Moment, in dem ich sterbe, wollte ich lächeln. Ein zufriedenes, zurückblickendes Lächeln.

Wer weiß, was die Zukunft bringt? Ob mir das gelingen würde? Würde das nicht die Qualen, die man durchleben muss, einfach ungeschehen machen, wenn man mit dem letzen Atemzug, ein triumphierendes, wahres Lächeln aufsetzen kann? Wenn man in der letzten Sekunde nichts als Frieden und Glück empfindet? Ich fand, dass dies ein schöner Gedanke war.

In ein paar Monaten werde ich nicht mehr sein. Ein seltsames Gefühl. Surreal, beängstigend, einengend. Wie wenig man sich mit solchen Gedanken auseinandersetzt, wenn man gesund ist. Wie schnell man das Leben an sich vorbei ziehen lässt, ohne die unzähligen wunderschönen Ereignisse zu genießen und zu würdigen.

Das erinnerte mich an einen Film, den ich einst sah. Ich konnte mich weder an den Titel, noch an den Inhalt erinnern. Wahrscheinlich war es nur einer dieser belanglosen Filme gewesen, mit denen man so kostbare Minuten seines Lebens vergeudet. Doch das Ende war mir im Gedächtnis geblieben und spukte seit dem Tag, an dem ich die Diagnose erhielt, in meinem Kopf herum. Unnötig und gänzlich überflüssig hatte sich die Protagonistin, zur vermeintlichen Rettung ihrer Mitstreiter, in den Tod gestürzt. Eine Kugel im Flug gefangen. Eine pathetisch in Szene gesetzte Selbstopferung. Ich spielte diese Szene immer wieder ab und fand zahlreiche Alternativen, in denen sie und alle anderen überlebt hätten. Aber das wäre vermutlich eher langweilig und weniger heldenhaft gewesen, hätte wohl nicht die Dramatik der Situation unterstrichen. Als wenn man die Welt nur durch seinen Tod retten könnte. Geht das nicht im Grunde viel einfacher, wenn man noch am Leben ist? Vor ein paar Monaten hätte ich solch eine Tat sicher als heroisches Ende empfunden. Jetzt machte es mich nur traurig. Die Frage ging mir nicht mehr aus dem Kopf. Warum musste sie unnütz sterben, wo ich doch nichts anderes als leben wollte? Warum begreift man erst, wie wichtig es ist, jede Sekunde zu genießen, wenn einem nur noch wenige davon bleiben?

Klick, drang aus dem alten Wecker. Abermals tropfte das Gift durch meinen Körper. Ich schloss die Augen – ein weiteres Mal. Mein Körper war schwach. Meine Atmung flach. Morgen würde es schon besser gehen. Das war immer so. Nur nicht die Hoffnung verlieren. In ein paar Tagen würde ich wieder über den Flur laufen. Vielleicht einige vorsichtige Schritte im Park gehen. Kurz, mit langen Pausen, aber doch draußen im Freien, an der klaren Luft. Die Kinder beim Spielen beobachten. Den süßlichen Geruch frischen Grases in mich aufnehmen. Dem Rauschen der Blätter zuhören und sie in ihrem wilden Tanz beobachten. Das waren so kleine Dinge. So unbeschreiblich winzige Teilchen einer wahrhaftig unglaublichen Welt, in der ein Menschenleben wohl nicht ausreichen würde, um alle wundersamen Begebenheiten zu erleben, die täglich entstehen und wieder vergehen. Diese kleinen Ereignisse, die manchmal so beiläufig und unwichtig erscheinen. So wunderschöne Erlebnisse. Das war es, wofür es sich zu leben lohnte.

Das Zimmer. Dieser Moment. Jener Tag. Ich weiß nicht, warum ich mich so genau und detailgetreu an diese Augenblicke vor wenigen Monaten erinnere. Immer wieder kann ich mich in diese Szene zurückversetzen und den Tag aufs Neue durchleben. Vielleicht liegt es daran, dass ich damals von dem Wunsch auf die Heilung von der Grausamkeit meiner eigenen Zerstörung beseelt war. Vielleicht auch an der Menge dieser besonderen Eindrücke. Ich weiß es nicht. Und heute, an diesem Tag, spielt es auch keine Rolle mehr. Wer kann sagen, dass er in seinem Leben alles erreicht hat? Wer kann sagen, dass er all die Fülle auskosten konnte, all die mannigfaltigen Facetten, die unsere Existenz her gibt? Ich kann es nicht. Bei Weitem nicht. Und doch werde ich gehen in dem Wissen, dass ich gelebt habe. Gelebt, wie nur ein einziger Mensch gelebt hat. Ein spezielles, einzigartiges, genau auf mich zugeschnittenes Leben. Mit allen Höhen und allen Tiefschlägen. Der Gedanke nimmt die Angst. Es war alles wert und alles hatte genau so geschehen müssen. Es lässt mich zufrieden sein. Ein letztes Mal zufrieden. Ich lächele und werfe noch einmal einen Blick auf das Bild an der Wand – ein allerletztes Mal. Manche Wünsche gehen doch in Erfüllung.

Epilog

Die kleine Geschichte rieb sich die Augen. Sie war überwältigt von den vielfältigen Gedanken und Emotionen, die sie beim Lesen ihrer Brüder und Schwestern erlebt hatte.

Draußen vor dem Fenster raschelten die Blätter. Sie musste unweigerlich an die alte Eiche und die herbstliche Landschaft denken, auf der sich, in nur wenigen Stunden, Leben und Tod so nahe waren.

Zweifelsohne war es dieselbe Landschaft, die bei dem todkranken Mann im Zimmer hing. Doch wie war sie auf das Bild gekommen? Wer war der geheime Künstler, dem diese Abbildung der Realität so wichtig war? War es derselbe Mensch, der diesen magischen Ort gewählt hatte, um seiner Zeit auf dieser Erde ein Ende zu setzen? Welche Erfahrungen und Erinnerungen hatten diese Wiese für ihn in einen so bedeutsamen Ort verwandelt? Und hatte derselbe Künstler auch die Ohrringe und die Kette gefertigt, die in einer kalten Weihnachtsnacht unglaubliche Freude bringen sollte, obwohl es in Wirklichkeit nur unendliche Trauer und Verzweiflung gab? Sie wusste es nicht, doch diese Fragen gingen ihr nicht mehr aus dem Kopf.

Mitleid überkam sie, als sie an den jungen Schmetterling dachte, dessen Dasein so früh beendet wurde, bevor er in den Genuss eines langen, ausgiebigen Lebens kommen konnte. Ein wundervolles Leben wie das des Hasen, der unter der alten Eiche friedfertig den Übergang in eine andere Welt gefunden hatte. Sie fragte sich, ob es genau dieser Hase war, der dem verzweifelten Wanderer auf der eiskalten Straße über den Weg lief. Als er sterbend am Fuß der großen Eiche lag und seine Vergangenheit Revue passieren ließ, erinnerte er sich an die Begegnung mit der verlorenen Seele auf seiner winterlichen Reise?

Dieser Gedanke brachte sie augenblicklich zu dem Mädchen, dass an der Klippe gegen ihre Verzweiflung gekämpft hatte. Das Märchen kannte solche Emotionen nicht, aber für sie war es schrecklich sich vorzustellen, wie *hilflos* man in seiner eigenen Existenz gefangen sein kann.

Leise tickte von irgendwoher ein Wecker. Mit jedem Klick lief die Zeit etwas weiter. Genau in diesem Moment – Klick – eine Sekunde weiter. Da dachte sie an den zerschlagenen Wecker. Ob es denn möglich war die Zeit anzuhalten, wenn man die Instrumente ihrer Visualisierung zerstörte?

Wie beeinflussend Zeit doch ist. Den einen weckt sie zu früher Stunde, reißt ihn aus seinem Bett, um ihn doch nur in einen Tag voll Depressionen und ausgebrannter Hoffnungen zu schicken. Dem anderen macht sie bewusst, wie wertvoll sie ist, während er – an Maschinen angeschlossen – auf das unvermeidliche Ende zugeht.

Sie grübelte über die erste und letzte Geschichte nach, die sie gelesen hatte. Ein Mensch, der noch lebte, doch den Kampf gegen sich selbst fast verloren hatte. Ein anderer, der zwar einer Krankheit erlegen, aber zum Schluss seinen gewünschten Frieden gefunden hatte.

Und plötzlich dachte sie an den Tod. Erst konnte sie sich nicht entscheiden, ob sie ihn mochte oder nicht. Auf der einen Seite nahm er Dinge weg. Zerriss das Band zwischen Liebenden, so wie in der Geschichte mit dem Tannenbaum. Beendete das Dasein schlagartig, wie das des Schmetterlings. Schnitt Eltern von Kindern ab, so wie es dem heranwachsenden Boxer passierte. Das empfand sie als so unglaublich unfair.

Doch dann dachte sie wieder an den Hasen. Er war so frei und erfüllt, als er starb. Und schließlich war seine Zeit auch gekommen. Wie die des alten Hirsches, der am See förmlich auf den Tod zuging – auf die Erlösung von der Last und den Leiden des Alters.

Und ihr wurde klar, dass es das Leben war, was einen zeichnete. Sie erinnerte sich an das friedliche Lächeln, den letzten Wunsch, eines zerbrechlichen Wesens, nach seiner langen, holprigen Reise durchs Leben. Der Tod war gar nicht böse. Er erlöst. Und schließlich hatte er auch Sinn für Humor, das hatte sie ja gelesen. Und der niedliche Gnombold mochte ihn auch. So schlimm konnte er also nicht sein.

Da war das Märchen wieder fröhlicher und wurde an die positiven unter ihren Brüdern und Schwestern erinnert. Sie konnte nicht anders als laut loszulachen, denn ab sofort würde sie immer an Thomas, den Tomatentroll denken müssen, sobald sie eine Tomate sah. Und natürlich auch an Humpelpump, und das nicht nur, weil sie sich ganz schön den Hals verrenkt hatte, um ihre eigenen Buchstaben lesen zu können.

Es gab also mehr im Leben als Trauer und Schmerz. Und das war schön. Denn wie eintönig wäre das Leben, wenn es nur traurige Emotionen gäbe. Es wäre genauso fade und langweilig, als wenn es nur ausschließlich Glück gäbe. Denn das eine, kann man ohne das andere nicht schätzen lernen. Und so malte sie sich in ihren Gedanken aus, dass der Mensch, am Anfang des Buches, in seiner depressiven Phase, der am Ende des Buches, der seinen letzen Wunsch erfüllt fand und der, der eine lustige Reise erlebte und am Ende die Freundlichkeit in den Menschen fand, ein und derselbe Mensch waren. Denn das Leben ist nicht einfarbig. Es ist bunt. Es ist schwarz. Und es ist weiß. Es verläuft nicht geradlinig, sondern schlängelt sich durch die unwegsamsten Gebiete. Und in allem Schlechten steckt Gutes.

Der alte Roman, der schon viele Bücher und Erzählungen gelesen hatte, blickte auf die kleine Geschichte.

»Na, hast du jetzt verstanden, dass wir alle unterschiedlich sind?«

»Ja«, antwortete das Märchen, »und das ist wundervoll.«

Der Roman sah sie verstehend an. Auch er war einmal jung gewesen und hatte mit den gleichen neugierigen Augen auf die Welt geblickt.

»Wenn du magst, gibt es hier noch viel zu entdecken«, sagte er, während er auf die Erzählungen, Gedichte, Bücher und Romane im Raum zeigte.«

Die neugierige Geschichte war entschlossen sie alle zu lesen. Dann sah sie den Roman fragend an.

»Aber was ist, wenn ich alle ausgelesen habe?«

»Nun, dann kannst du selbst einfach eine neue Geschichte erfinden.«

Die junge sah die alte Geschichte ungläubig an.

»Wie soll das denn bitte gehen?«, fragte sie.

»Nun, such dir einfach etwas, bei dem du das Gefühl hast, dass man darüber etwas erzählen könnte. Dann gib den Dingen einen Namen, und die Geschichte wird von allein kommen. «

Das junge Märchen überlegte. Da gab es tatsächlich etwas, bei dem sie das Gefühl hatte, dass mehr darüber erzählt werden müsste. Irgendwo stand es doch. Sie blätterte in ihrem eigenen Buch, wälzte ihre Geschwister hin und her. Und schlussendlich fand sie, wonach sie gesucht hatte. Sie las über die Zeilen. Las von einem alten Spielzeugladen, einem Teddybären, einer Marionette. Und sie las von einem kleinen, namenlosen Mädchen.

Stumm sah sie auf die Zeilen und las sie wieder und wieder. Schließlich blickte sie auf, sah den Roman an und wirkte zufrieden. Sie wusste jetzt, wem sie einem Namen geben konnte. Der Roman schaute erwartungsvoll zu ihr herüber. Die Geschichte kicherte leise und sagte nur ein einziges Wort:

»Emily«

Und in diesem Moment wurde eine neue Geschichte geboren…

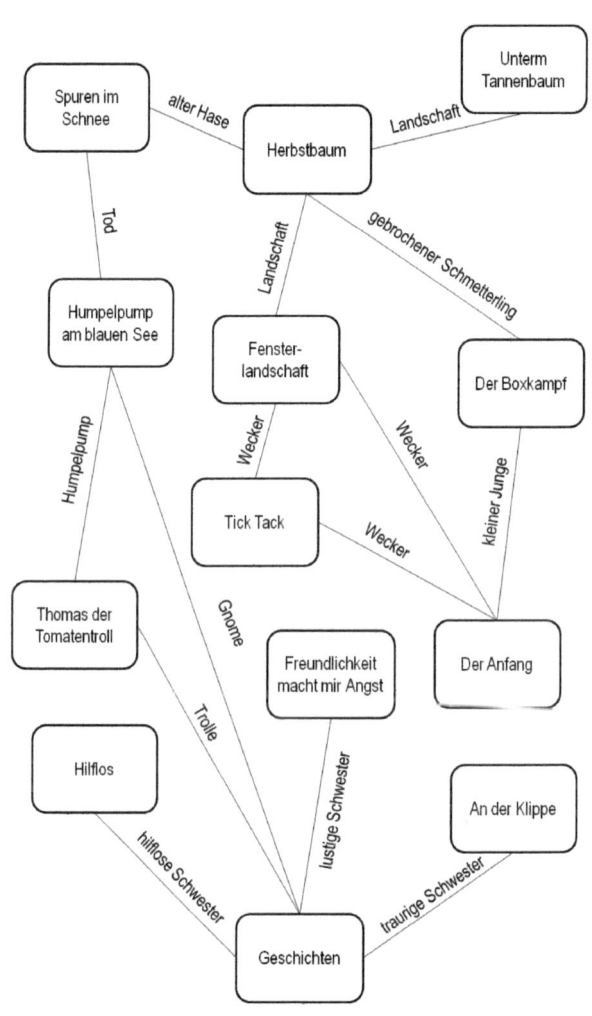

Danke